KB160775

‖ 인문교양총서 29

토니 모리슨의 삶과 문학

·

한 재 환

저자 **한재환**__ 경북대학교 인문대학 영문과 교수

부산대 영문과를 졸업한 후 동대학원 영문과에서 석사, 미국 펜실베니아 인디애나대학
(Indiana University of Pennsylvania)에서 영문학 박사학위를 받았고, 현재 경북대 영문과
교수로 재직 중이다. 현대영미소설을 주로 강의하고 있으며, 연구분야는 미국흑인문학이다.
주요논문으로는 「할렘 르네상스 소설가들의 탈식민 의식 : 진 투머와 넬라 라슨의 경우」, 「모
리슨의『고향』: 인종주의, 트라우마, 공동체」, 「뱁시 시드와의『인도의 분단』에 나타난 영국
제국주의 비판 : 민족, 종교, 여성」 등이 있다.

경북대 인문교양총서 ㉙
토니 모리슨의 삶과 문학

초판 인쇄 2015년 5월 21일
초판 발행 2015년 5월 29일

지은이 한재환
기 획 경북대학교 인문대학
펴낸이 이대현
편 집 오정대 권분옥 이소희
디자인 이홍주
마케팅 박태훈 안현진

펴낸곳 도서출판 역락
주 소 서울시 서초구 동광로 46길 6-6 문창빌딩 2층
전 화 02-3409-2060(편집), 2058(마케팅)
팩 스 02-3409-2059
등 록 1999년 4월 19일 제303-2002-000014호
전자우편 youkrack@hanmail.net
역락블로그 http://blog.naver.com/youkrack3888

값 9,000원
ISBN 979-11-5686-190-4 04840
      978-89-5556-896-7 세트
* 파본은 구입처에서 교환해 드립니다.
* 이 도서의 국립중앙도서관 출판시도서목록(CIP)은 서지정보유통지원시스템 홈페이지
(http://seoji.nl.go.kr)와 국가자료공동목록시스템(http://www.nl.go.kr/kolisnet)에서 이
용하실 수 있습니다. (CIP제어번호: CIP2015013718)

인문교양총서 029

토니 모리슨의 삶과 문학

한재환 지음

역락

필자가 미국 흑인 여성작가 토니 모리슨(Toni Morrison, 1931-)
의 소설을 처음 접했을 때가 영문학 석사학위 취득 후 시간강
사를 할 때인 1993년도였으니 모리슨과 함께 학문의 여정을 진
행한 지도 어언 20년이 넘세 흘렀다. 석사논문에서는 미국 초기
소설가 제임스 페니모어 쿠퍼(James Fenimore Cooper)의 두 소설
을 통해 백인작가의 인디언에 대한 재현방식을 분석하였다. 미
국소설에 나타난 소수인종에 관심을 가지다 보니 자연스럽게
흑인으로 관심을 옮기게 되었고, 1993년 흑인작가인 모리슨이
노벨문학상을 수상했다는 소식은 신선한 충격으로 다가왔다.
그 후 지속적으로 미국 흑인문학에 관심을 기울인 결과 박사논
문은 모리슨을 포함한 6명의 흑인작가에 대해서 연구하였다.

21세기에 들어오면서 흑인문학은 뛰어난 흑인작가들의 등장
과 흑인 비평가와 학자들이 흑인문학을 정전(canon)으로 옮기려
는 꾸준한 노력으로 명실공히 주변에서 중심으로 이동하였다.
흑인문학(African-American literature)은 아시아계미국문학(Asian-
American literature), 원주민계미국문학(Native-American literature),

멕시코계미국문학(Chicano-American literature) 등과 함께 하이픈으로 연결된 소수 미국문학이지만 어느 소수 미국문학보다 강단에서 더 많이 가르쳐지고, 학계에서 더 활발하게 연구되고 있다고 해도 과언이 아니다. 미국에서는 역사상 최초로 흑인 대통령이 탄생하였으며, 버락 오바마(Barack Obama) 대통령은 흑인의 위상이 이전과 비교해 볼 때 두드러지게 향상되었다고 공언한다. 오바마 대통령의 주장이 틀리지는 않았지만 현재 미국에서 흑인은 여전히 차별을 받고 있으며, 백인 경찰에 의해 억울하게 죽음을 당하기도 한다. 특히 흑인 여성은 여전히 계급적, 인종적, 성적 차별을 경험한다. 흑인 여성작가들은 이러한 흑인의 삶을 진솔하게 많이 다루었는데, 그중에서 대표적인 흑인 여성소설가로는 토니 모리슨 외에도 앨리스 워커(Alice Walker), 게일 존스(Gayl Jones), 글로리아 네일러(Gloria Naylor), 토니 케이드 밤바라(Toni Cade Bambara), 마야 안젤루(Maya Angelou) 등을 들 수 있다.

20세기 후반인 1980-90년대만 하더라도 국내에서 미국 흑인 문학이라고 하면 흑인 남성작가 3인방—리처드 라이트(Richard Wright), 제임스 볼드윈(James Baldwin), 랠프 엘리슨(Ralph Ellison)—에 대한 연구서가 간혹 있었을 뿐, 모리슨과 같은 흑인 여성작가에 대한 관심은 높지 않았다. 하지만 모리슨이 1993년도에 노벨문학상을 수상하자마자 여러 출판사에서 그녀의 작품인 『가장 푸른 눈(The Bluest Eye)』, 『술라(Sula)』, 『빌러비드(Beloved)』를 포함한 모리슨 소설에 대한 각종 번역서를 내놓았다. 당시 모리슨 소설의 번역서는 작가의 난해한 작품성을 제대로 반영해 내지 못했기 때문에 이해하기에 힘든 면이 있었다.

그 후 미국문학 연구에 있어서 다문화주의와 소수인종문학에 대한 열기가 증폭됨에 따라 모리슨에 대한 관심도 급격히 높아져 지난 20여 년간 국내에서 모리슨에 대한 연구는 매우 활발하게 진행되었다. 그에 따라 완성도 높은 번역서도 많이 나왔는데, 현재 모리슨이 쓴 열 권의 소설 가운데 2012년도에 출판된 가장 최근작 『고향(Home)』을 제외한 아홉 권의 소설이 번역되어 있다. 국내에서는 모리슨 관련 학술서적도 십여 권에 이르며, 국내에서 발행된 석, 박사 논문도 무려 4백 편에 육박한다. 하지만 이런 모리슨에 대한 높은 관심과 꾸준한 연구에도 불구하고 국내에는 모리슨의 난해한 작품들을 쉽게 정리한 교양도서는 없다. 이런 점을 착안해서 필자가 이 책을 쓰게 되었는데, 이 책은 어려운 모리슨의 10권의 소설들을 비전공자들도 쉽게 이해할 수 있도록 설명한 모리슨 작품의 길라잡이라고 할 수 있다.

모리슨은 그녀의 작품에서 다양하고 폭넓은 주제를 다루고 있다. 그녀의 작품의 시간적 배경은 17세기 말부터 1990년대까지 미국 전 역사를 망라하고 있다. 모리슨이 다루는 주제 역시 광범위한데, 노예제도의 폐해 고발, 흑인의 정체성 혼란의 문제, 백인 노예주의 인간성 상실, 백인 중심의 미국 역사

비판, 흑인 공동체 내부의 결속과 갈등, 흑인 여성의 연대, 흑인 음악의 가치, 근친상간의 문제, 전쟁 참전 흑인 병사의 트라우마, 민권운동의 허와 실 등 거의 모든 주제를 다룬다고 해도 과언이 아니다.

필자는 본서에서 1970년부터 2012년에 걸쳐 출판된 총 10편의 모리슨 소설을 주제별로 짝을 맞추어 각 장별로 두 권씩 분석하였다. 장별로 두 개의 소설을 설명하면서 짧은 지면에 다루지 못한 부분을 생각해 볼 문제로 남겨 두어 독자의 생각의 지평을 넓힐 수 있도록 하였다. 우선 첫 장에서는 모리슨의 생애와 그녀의 문학세계를 정리하였다. 둘째 장에서는 백인 우월주의 사회 속의 흑인 정체성 문제를 다루는 소설인『가장 푸른 눈』과 『타르 베이비(*Tar Baby*)』를 분석하였다. 셋째 장에서는 흑인 여성의 우정과 배신과 사랑의 문제를 다루는『술라』와『러브 (*Love*)』를 비교하였다. 넷째 장에서는 흑인 뿌리 찾기와 흑인 음악에 초점을 맞추어『솔로몬의 노래(*Song of Solomon*)』와『재즈 (*Jazz*)』를 살펴보았다. 다섯째 장에서는 노예제도의 폐해와 흑인 모성의 문제를 다루는『빌러비드』와『자비(*A Mercy*)』를 검토하였다. 여섯째 장에서는 흑인 공동체의 갈등과 트라우마의 치유의 문제를 다루는『파라다이스(*Paradise*)』와『고향』을 분석하였다. 마지막 장에서는 모리슨 소설의 특징에 대한 점검과 소설 이외 다른 장르의 저작들을 간략하게 소개하였다.

모리슨에 대한 교양도서의 구상은 여러 해 전부터 했으나 강의와 학교 보직, 학회 업무 등으로 바쁜 시간을 보내다 보니 집중력이 떨어져서 시간이 많이 걸렸고, 특히 최근작 『고향』까지 포함시키느라 해를 넘기게 되었다. 학부와 대학원 수업에서 학생들과 함께 모리슨의 전 소설을 읽으면서 학생들의 창의적이고 훌륭한 의견들이 이 책에 많이 반영되었다. 경북대 인문대학의 인문교양총서 지원금과 1년간의 소중한 연구년의 기회가 없었다면 이 책은 결실을 보기가 힘들었을 것이다. 그런 점에서 경북대 여러 관계자에게 감사함을 전한다.

한 재 환

차례

모리슨의 생애

　모리슨은 현재 생존하는 미국 최고의 소설가이자 미국 민주주의와 인권의 양심이다. 노벨문학상과 퓰리처상과 같은 큰 상을 수상한 점은 모리슨 소설의 문학적 우수성과 예술적 성취를 인정해주는 점이고, 오바마 대통령 후보 지지 서한 및 사회적 약자에 대한 정치적 발언은 그녀의 민주주의와 인간평등에 대한 확고한 소신을 보여준다. 모리슨은 버지니아 울프(Virginia Woolf)와 윌리엄 포크너(William Faulkner)의 모더니즘 기법의 영향을 받았지만 비평가 해롤드 블룸(Harold Bloom)이 말하는 선배작가들의 "영향의 불안"(anxiety of influence)과 산드라 길버트(Sandra Gilbert)와 수잔 구바(Susan Gubar)가 언급한 "작가가 되는 일에 대한 불안"(anxiety of authorship)을 넘어서서 그녀만의 독창적 문학세계를 구축한 작가이다. 독특한 문체로 미국 사회 내 흑백 문제를 조망하는 모리슨은 소설에서 난해한

의식의 흐름 기법과 다중화자 기법을 자유롭게 구사함으로써 독자를 곤혹스럽게 하지만 여성인물에 대한 섬세한 묘사와 역사에 대한 새로운 성찰은 독자로 하여금 그녀의 텍스트를 다시 읽도록 유도하는 미덕을 제공한다. 남성흑인 작가들―라이트, 볼드윈, 엘리슨―이 백인 독자들에게 흑인의 처지에 대해서 이해를 구하는 소설이나 항의 소설(protest novel)을 썼다면 모리슨은 백인 독자뿐만 아니라 흑인을 포함한 전 세계 독자들의 마음을 파고들어 공감을 느끼게 하는 작품을 쓰고 있다.

모리슨은 마흔 살이 되어서야 첫 소설을 발표하였는데, 그 작품이 바로 『가장 푸른 눈』(1970)이다. 이 작품은 파란 눈을 소원하는 흑인 소녀의 비극과 가치가 전도된 1940년대 백인 중심의 미국 사회를 고발하고 있다. 그 후 모리슨은 『술라』(1973), 『솔로몬의 노래』(1977), 『타르 베이비』(1981), 『빌러비드』(1987), 『재즈』(1992), 『파라다이스』(1997), 『러브』(2003), 『자비』(2008), 『고향』(2012)에 이르기까지 지금까지 10편의 소설을 출간하였다. 모리슨은 여러 작품에서 17세기 말 미국 식민지 시대에서부터 20세기 후반 다문화 미국 사회까지 광범위한 역사적 스펙트럼 속에서 흑인의 고통, 특히 흑인 여성의 고통과 치유의 문제를 독특한 시각에서 다루고 있다. 한편, 모리슨의 역사의식과 사회의식은 한국의 대표적 여성 소설가 박완서와 박경리를 떠올리게 한다. 박완서가 1931년에 출생하였고, 마흔이 되어서 첫 소설 『나목』을 발표한 후 여러 작품에서 한국

여성과 한국전쟁의 비극을 섬세한 문체로 형상화 했듯이, 모리슨도 1931년 출생하여 흑인 여성의 고통과 전쟁으로 인한 흑인 남성의 고통을 다양한 관점에서 다루었다. 또한, 박경리가 대작 『토지』에서 일제하의 조선에서부터 해방에 이르기까지 우리민족의 한 맺힌 역사를 다루며 역사의식을 강조하였듯이, 모리슨 역시 미국 사회에서 한 맺힌 흑인의 역사를 재조명하고 독자로 하여금 노예제도로 인한 숨겨진 역사의 비극을 망각하지 말 것을 강조한다.

결코 쉽게 읽히지 않지만 모리슨의 소설에는 언어의 아름다움과 힘이 있고 역사, 사회, 음악, 정치, 민담 등이 스며들어 있다. 그녀의 소설은 미국의 역사를 담고 있지만 사회주의 비평가 게오르그 루카치(Geörgy Lukács)가 주장한 전형적 주체들이 등장하는 역사소설과는 거리가 멀다. 왜냐하면 모리슨은 소설에서 리얼리즘과 모더니즘을 넘어서는 포스트모더니즘의 글쓰기를 통해 보다 열려있는 작품세계를 창조해내는 가운데 그녀 나름의 사회적, 역사적, 도덕적 메시지를 전달하는 미덕을 보여주기 때문이다. 그래서 모리슨의 작품들은 텍스트 분석과 이해에 있어서 독자들의 적극적인 참여를 유도한다.

소설을 쓰는 것 외에도 모리슨은 가르치는 일과 독자들과의 소통을 즐기고 좋아한다. 그리하여 모리슨은 비평가, 학자들과 많은 인터뷰를 하였고 대중 연설도 수없이 하였다. 그와 같은 자료들은 인터넷 유튜브(YouTube)에서 많이 접할 수 있는데, 2013년 코넬대학에서 행한, 20년 동안의 지적 동반자인 예일대 교수 클로디아 브롯스키(Claudia Brodsky)와의 대담을 들어보면 모리슨의 진면목—여유, 유머, 통찰, 그리고 읽기와 쓰기에 대한 진솔한 견해—을 경험할 수 있다. 독자들은 모리슨이 그녀의 몇몇 작품에 관해 소회를 털어놓는 것을 들으면서 신선한 즐거움을 느낄 수 있다. 특히 모리슨은 자신의 소설을 녹음하는 것을 좋아하는데, 그녀가 녹음한 오디오 북을 들으면 그녀의 소설이 얼마나 리듬감이 있고 시적인지 잘 느낄 수 있다.

모리슨은 1931년 2월 18일 미국 오하이오 주 철강도시 로레인(Lorain)에서 2녀 2남의 차녀로 태어났다. 모리슨의 어릴 적 이름은 클로이 앤소니 워포드(Chloe Anthony Wofford)였는데, 그녀의 아버지 조지(George)는 조지아 주 출신의 조선소 용접공이었고, 어머니 라마(Ramah)는 알라바마 출신이었다. 모리슨의 외할아버지 존 솔로몬 윌리스(John Solomon Willis)는 남부 사회의 인종차별에 염증을 느껴 자유의 땅 오하이오로 건너왔다. 이는 마치 모리슨의 열 번째 소설 『고향』에서 주인공 프랭크 머니(Frank Money)의 부모들이 알라바마에서 쫓겨나서 루이지애나를 거쳐 조지아로 이주해 오는 과정을 떠올리게 한다. 뿐만 아니라 이러한 모습은 『재즈』에서 조 트레이스(Joe Trace) 부부가 남부 버지니아에서 북부 뉴욕 할렘으로 이주해 오는 것을 연상시키기도 한다. 모리슨의 부모들은 인종차별적 사회 속에서도 사회의식과 저항의식이 있었다. 모리슨이 두 살배기

일 때 그녀의 부모는 로레인에서 경제적 궁핍을 겪어 집세를 내지 못하게 되자 집 주인이 집에 불을 지른 적이 있었는데, 부모들은 그런 상황에서도 집을 비우지 않고 버틴 적이 있다고 한다. 모리슨은 이와 같이 강인하고 생활력 강한 부모님의 영향을 받고 자라났다.

이리(Erie)호 접경 공업도시인 로레인에는 유럽에서 건너온 여러 나라 출신의 가난한 이민자들과 자유와 직업을 위해 남부를 탈출해 북부로 온 흑인들이 공존하였다. 『가장 푸른 눈』의 공간적 배경이 되기도 했던 로레인의 공공도서관에는 모리슨을 기념하는 공간이 하나 있는데 그곳의 이름은 토니 모리슨 방으로 지칭된다. 고등학교 학생 때 모리슨은 이 도서관의 관장 비서로 일한 적이 있다고 한다.

총명했던 모리슨은 초등학교 1학년 때 동급생 가운데 유일하게 글을 읽을 줄 아는 어린이였으며 책읽기를 좋아해서 도스토예프스키와 톨스토이가 쓴 러시아 문학뿐만 아니라 세익스피어의 작품들과 제인 오스틴(Jane Austin)의 『오만과 편견(Pride and Prejudice)』 등과 같은 영문학 고전을 많이 읽었다. 모리슨의 외가 쪽 사람들은 음악 애호가들이 많았는데, 외할아버지는 바이올린 연주자였고, 교회 성가대 일원이었던 엄마 역시 피아노를 훌륭하게 연주하였다. 모리슨의 증조할머니는 인디언의 피가 섞인 이야기꾼이었는데, 모리슨에게 노예 이야기를 많이 들려주었다. 어릴 적 꿈이 무용수이기도 했던 모리슨은 두 살 터울의 언니 로이스(Lois)와 친밀했는데, 이 둘은 "로이스클로이"(LoisandChloe)로 불리기도 했다. 나중에 모리슨은 여덟 번째 소설 『러브』를 언니 로이스에게 헌정하기도 하였다.

1949년 로레인 고등학교를 우등으로 졸업한 모리슨은 흑인의 하버드 대학으로 알려진 워싱턴 D. C.에 소재한 하워드대학(Howard University)에 진학한다. 그곳에는 할렘 르네상스의 선구자이자 흑인 지식인인 알레인 로크(Alain Locke)와 스털링 브라운(Sterling Brown)이 교수로 있었다. 하워드대에서 모리슨은 클로이라는 이름을 지우고 중간이름 앤소니를 줄여 토니(Toni)로 바꾼다. 1953년 하워드대에서 영문학 학사를 취득한 모리슨은 코넬대에 진학하여 1955년 영문학 석사학위를 취득하게 되는데, 그녀의 석사학위 논문의 제목은 "윌리엄 포크너와 버지니아 울프의 작품에 나타난 소외 연구"이다. 코넬대 졸업 후 휴스턴에 소재한 텍사스 서던 대학에서 영문학을 가르친 모리슨은 1957년에 다시 하워드대 교수로 돌아와 모교에서 후학을 양성할 기회를 가진다. 모교에서 영문학을 가르치며 시인 아미리 바라카(Amiri Baraka)와 민권운동가 스토클리 카마이클(Stokely Carmichale) 등을 만나서 교류한다. 모리슨은 하워드대에 재직할 때 자메이카 출신의 건축가 해롤드 모리슨(Harold Morrison)을 만나 이듬해 결혼을 하게 된다.

1961년에 첫 아들 해롤드 포드(Harold Ford)가 출생하였으나 모리슨의 결혼생활은 그리 순탄한 편이 못되었다. 그러다가 그녀는 해롤드 모리슨과 6년간의 결혼 생활을 청산하고 1964년 이혼을 하게 되는데, 그 이유는 자메이카 출신인 남편과 문화적 배경의 차이로 인한 갈등 때문이었다. 이혼 후 둘째를 임신한 채 하워드대를 그만두고 34세의 나이에 다시 고향 오하이오 로레인으로 돌아오게 되는 모리슨은 둘째 슬레이드 케빈(Slade Kevin)을 출산한다. 그 후 새로운 출발을 하게 되는 모리슨은 1965년 다시 오하이오를 떠나 뉴욕 시라큐즈에 있는 랜덤 하우스(Random House) 교재편집인으로 자리를 잡게 된다. 모리슨은 그곳에서 흑인 작가들을 발굴하여 흑인 문화와 전통이 미국 주류사회에 스며들게 하는 데 큰 공헌을 한다. 그녀가 발굴하여 유명해진 작가와 인사들로는 소설가 토니 케이드 밤바라, 게일 존스 외에도, 무하마드 알리(Muhammad Ali), 앤드루 영(Andrew Young), 안젤라 데이비스(Angela Davis) 등을 들 수 있다.

그 시대 모리슨이 홀로 어린 두 남자 아이를 키우며 직장 일을 병행하기란 쉬운 일이 아니었다. 힘든 삶 속에서도 모리슨은 랜덤 하우스 일을 하면서 새벽 네 시에 일어나서 단편소설을 쓰기 시작했다. 이 단편소설이 확장되어 결실이 된 작품이 바로 『가장 푸른 눈』이다. 모리슨은 12살 때 학교 친구 중에 작품의 주인공 피콜라처럼 파란 눈을 갈망하는 아이가 있어서 아이디어를 얻었다고 한다.

1967년 시라큐즈에서 뉴욕 맨해튼에 소재한 랜덤 하우스의 시니어 편집인으로 자리를 옮긴 모리슨은 두 번째 소설인 『술라』에 대한 구상을 한다. 1971년 뉴욕주립대(퍼처스 분교) 초빙 교수직까지 맡게 된 모리슨은 두 아이 양육과 편집인 일로 정신이 없을 정도였다. 그러다 보니 그녀는 사회생활이나 친구를 만나는 일을 멀리하고 오로지 자녀 양육과 소설쓰기에 몰두하게 된다. 모리슨은 1973년에 두 번째 소설 『술라』를 출간하게 되는데, 그녀는 이 소설을 두 아들에게 헌정하였다.

흑인역사와 문화에 관심이 많았던 모리슨은 세 번째 소설을 쓰기 전에 랜덤 하우스에서 큰 프로젝트였던 『흑인선집(The Black Book)』을 편찬하는 결실을 얻는다. 미들턴 해리스(Middleton Harris)에 의해 편찬된 『흑인선집』은 신문기사 모음, 흑인노예 매매 광고 등 300년에 걸친 미국 흑인의 전반적인 삶에 대한 기록물이다. 이 작업을 하면서 모리슨은 나중에 그녀의 다섯 번째 소설인 『빌러비드』의 소재가 되는 도망노예 마가렛 가너(Margaret Garner)에 대한 신문기사를 접할 수 있었다.

1977년 강의와 편집인 업무, 육아 등과 같은 분주한 일정 속에서 그녀는 세 번째 소설 『솔로몬의 노래』를 출간한다. 소설을 쓰는 동안 아버지의 죽음을 목격한 모리슨은 『솔로몬의 노래』를 아버지에게 헌정한다. 앞선 두 소설과 달리 『솔로몬의 노래』는 상업적으로 커다란 성공을 거두는데, 이 소설은 이달의 책 코너에 오르는 영광을 누린다. 이는 1940년 리처드

라이트의 『토박이(*Native Son*)』가 이달의 책 코너에 올라온 이후 흑인 여성으로서는 최초의 영예이며, 모리슨은 이 책으로 전미비평가협회상을 수상한다. 『솔로몬의 노래』 이후 모리슨은 랜덤 하우스 일을 대폭 줄이고 집필에만 몰입한다. 그녀는 허드슨 강이 바라보이는 곳에 보트하우스를 구입하여 좋은 작업공간을 꾸미게 되는데 이제 그녀는 명실공히 성공한 미국 작가가 된 것이다.

1981년 모리슨은 『타르 베이비』를 출간하는데 그녀는 시사주간지 『뉴스위크』 표지인물이 된다. 이는 1943년 『그들의 눈은 신을 바라보고 있었다(*Their Eyes Were Watching God*)』의 작가 조라 닐 허스턴(Zora Neale Hurston)이 표지인물이 된 이후 흑인 여성 작가로는 두 번째의 영광이다. 1983년도에 랜덤 하우스를 떠난 모리슨은 1984년 뉴욕주립대(올바니 분교)의 앨버트 슈바이처 석좌교수로 임명된다. 그녀의 학생 중에는 유명한 흑인 문학비평가인 휴스턴 베이커(Houston Baker, Jr.)도 있다.

1986년 최초의 희곡 『에밋을 꿈꾸며(*Dreaming Emmett*)』를 공연하여 미국 내의 인종차별을 고발한 모리슨은 1987년 『빌러비드』를 출간하고 이듬해 풀리처상을 수상하는 영예를 얻는다. 승승장구한 모리슨은 1989년 프린스턴대 로버트 F. 고힌 석좌교수로 임명되는데, 이는 흑인이 아이비리그 대학 석좌교수로 임용된 최초의 사례로 기록된다. 1992년 『재즈』를 출간한 모리슨은 그해 『어둠속의 유희 : 백인성과 문학적 상상력(*Playing in the*

Dark : Whiteness and Literary Imagination)』이라는 평론집도 출간한

다. 1993년 모리슨은 드디어 노벨상을 수여받는데, 스웨덴 한

림원에서는 노벨문학상 수여 이유로 모리슨이 여섯 권의 소

설에서 "비전의 힘과 시적 함의"를 부각시킨 점을 들고 있다.

 강의를 소중히 여기는 모리슨은 기자들이 노벨상 소식 후

프린스턴대에 인터뷰를 하러 왔을 때 수업을 모두 마치고 인

터뷰에 응했다는 일화는 유명한데, 그녀는 프린스턴대에서 학

생들로부터 많은 영감을 받았다고 술회한다. 모리슨은 노벨상

수상에 대해 커다란 자부심을 가지는데, 그 이유는 그녀가 미

국인이라는 이유보다 특히 미국 흑인으로서 그 상을 받았기

때문이라고 하며 그녀의 흑인정체성을 강조한다. 사실 모리슨

은 자신을 흑인여성작가로 불리기를 좋아하는데 이것은 그녀

가 억압받는 흑인들과 여성들을 대변하는 지식인임을 증명한

다. 한편, 그해 모리슨은 노벨상이라는 최고의 영예를 얻었지

만 허드슨 강변의 멋진 집에 화재가 발생해 수많은 원고, 도

서, 가족사진 등을 잃게 되고, 또 그녀의 어머니 라마마저 병

으로 죽는 불운을 동시에 경험한다.

 모리슨의 삶은 강인한 생명력을 보여주는데, 그녀는 이혼

과 화재로 집을 잃은 후, 그리고 45세의 젊은 나이에 췌장암

으로 죽은 둘째 아들 슬레이드의 부재 이후에도 좌절하지 않

고 끊임없이 삶의 불꽃을 피우고 있다. 프린스턴에서 퇴직한

모리슨은 현재 『더 네이션(The Nation)』지 편집위원으로 일하며

미국의 현안에 대해서 양심의 목소리를 내고 있다. 2015년 4월에 11번째 소설 『그 아이를 도우소서(*God Help the Child*)』의 출간을 앞둔 모리슨의 나이는 84세이다.

백인 우월주의와 흑인 정체성 회복
『가장 푸른 눈』과 『타르 베이비』

    모리슨의 소설에 나타나는 주요 주제는 공공연한 인종차별적 사회 구조와 그로 인한 흑인의 정체성 혼란에 관한 문제이다. 『가장 푸른 눈』과 『타르 베이비』는 백인들이 만들어 놓은 인종차별의 이데올로기 속에서 희생되는 흑인들의 비참한 삶과 그들의 정체성 혼란, 그리고 그 정체성 회복의 문제가 공통적으로 나타난다. 또한 흑인과 백인 모두에게 진정한 아름다움이란 무엇인가, 또는 정체성이란 무엇인가의 문제를 성찰하게 한다. 그리고 넓게는 가족의 문제를 고민하게 하는데, 『가장 푸른 눈』에서는 주인공 피콜라(Pecola)가 속한 가난한 흑인가족의 문제점이, 그리고 『타르 베이비』에서는 부부간 대화가 부재하고 아들마저 떠나 공허한 집에 의미 없이 살아가는 백인 부자 발레리언(Valerian Street) 가정의 문제점이 그려진다.

모리슨은 이 두 소설에서 흑인 정체성, 미의 가치기준, 진정한 가족의 의미 등의 문제를 생각하게 해 줄 뿐만 아니라 중요하게는 1960년대와 1970년대 사이에 유행했던 흑인민권운동에서 흑인들이 취해야 할 바람직한 자세까지도 성찰하게 해준다.

『가장 푸른 눈』

모리슨이 남편과 이혼 후 출판사 일을 하며 홀로 두 아들을 양육해야 하는 어려운 삶 속에서 첫 작품으로 발표한 이 소설은 모리슨을 중요한 현대 미국 소설가로 떠오르게 하는 공을 세운다. 면밀한 글쓰기와 퇴고 과정에서 기쁨과 의미를 찾는 모리슨은 『가장 푸른 눈』을 완성하는 데 5년이 걸렸다고 한다. 이 소설은 난해함 때문에 즉각적인 상업적 성공을 거두지는 못했지만 여러 비평가들의 주목을 받았다. 모리슨은 이 소설에서 흑인의 삶을 흑인의 입장에서 진솔하게 그려내고 있는데, 이 소설은 난해한 만큼 독자들이 주체적으로 의미 해독에 참여하도록 독려한다.

모리슨은 『가장 푸른 눈』에서 11살의 가난한 흑인 소녀를 통해 미국에서 가장 약자의 위치에 서 있는 인물을 다룬다. 모리슨이 로레인 초등학교 다닐 때 목격한 한 친구를 소재로 삼았다고 하는 이 소설의 주인공 피콜라는 백인 중심 이데올로기의 미국사회가 낳은 희생자이다. 피콜라는 무관심하고 무책임한 부모를 두고 있어 보호를 제대로 받지 못할 뿐만 아니라, 무지하고 약해서 어른들의 희생양으로 전락하고 심지어 친구들로부터 따돌림을 받는다. 피콜라의 친구들은 그녀가 못생겼다고 하며, 또 아버지가 술에 취해 벗은 채로 잠잤다는 이유로 놀린다. 그러다보니 자기 혐오증에 빠져 자존감을 상실한 피콜라는 자신을 사라지게 해 달라고 기도하거나 혹은 오로지 파란 눈만 가지면 모든 것이 해결되고 행복해지리라는 환상 속에 살아간다. 하지만 피콜라에게 그 소망은 너무나도 비현실적인 한갓 꿈에 불과하다. 백인문화를 동경하는 피콜라는 유명 백인 아역 배우인 셜리 템플(Shirley Temple) 모습이 담긴 컵으로 우유를 마시고 메리 제인 사탕을 좋아한다. 피콜라는 흑인 지식인 두 보이스(W.E.B. Du Bois)가 『흑인의 영혼(The Souls of Black Folk)』에서 언급한 이중의식(double consciousness), 즉, "항상 타자의 눈을 통해 자신의 자아를 바라보는 감정"(5)을 가진 것이다.

프롤로그와 에필로그를 제외하고 가을, 겨울, 봄, 여름이라고 이름 붙여진 4부 속에 번호 없이 11장으로 구성되어 있는 『가장 푸른 눈』은 피콜라의 이웃 친구인 아홉 살짜리 소녀 클로디아(Claudia)의 서술과 전지적 작가의 서술이 번갈아가면서 진행된다. 작품은 "비밀이지만, 1941년 가을에는 금잔화가 피지 않았다"(12)[1] 라는 문장으로 시작하여 독자들로 하여금 궁금증을 가지게 만들고 소설의 의미 해독에 참여하도록 만든다. 모리슨은 흑인 공동체가 숨기고 싶어 하는 비밀이야기를 드러내어 이야기함으로써 흑인 공동체 내부의 반성과 백인 중심의 문화와 인종차별을 동시에 비판한다.

화목하고 책임감 있는 부모 밑에서 자란 모리슨과는 달리 소설 속의 주인공 피콜라는 가정 폭력과 인종차별 속에서 힘겹게 하루하루를 살아가고 있다. 아버지 촐리 브리드러브(Cholly Breedlove)와 엄마 폴린(Pauline)은 남부에서 살다가 결혼 후 꿈을 안고 북부 오하이오에 왔지만 도시에서의 새로운 삶은 그리 녹록하지가 않다. 도시 생활에 제대로 적응하지 못하는 촐리는 직업을 잃고 소외감을 극복할 돌파구로 술에 의존해 하루하루를 살아가다 감옥에 간다. 폴린은 백인 집 가정부로 일하며 그 집 백인아이를 자기 자식보다 더 소중하게 여길 뿐만 아니라 영화에 심취하여 백인 대중문화를 동경한다. 이와 같이 피콜라의 부모는 존재하지만 자녀들의 건강한 자아정체성 형성에 도움을 주지 못하는 무책임하고 무기력한 사람들이다. 이런 부모의 무관심과 동네 아이들의 무시로 인해 피콜라와 오빠 새미(Sammy)의 삶은 피폐하게 되고 그들은 흩어져서 다른 집에 맡겨진다.

---

[1] 이하 『가장 푸른 눈』의 번역과 쪽수는 신진범의 역서를 참조하였음.

소설은 시작부분에 1940년대 미국에서 유행했던 딕과 제인(Dick and Jane) 교과서의 이상적인 미국 가정이 제시된다. 당시 미국 교과서는 이상적 가정의 모습으로 아빠, 엄마, 아들 딕, 딸 제인, 그리고 고양이와 개가 예쁜 집에 함께 사는 것으로 그리고 있다. 피콜라에게는 그러한 교과서가 자신의 삶과는 유리된 모습이기 때문에 보면 볼수록 혼란만이 가중된다. 실제로 소설에서 교과서 독본이 각기 다른 글씨체로 세 번 반복된다. 첫 번째는 제대로 된 글씨체이지만 두 번째 단락은 구두점이 없어지고, 대문자도 없다. 세 번째 글은 각 단어와 문장이 붙어있어 읽기 힘들다. 원어로 표기하자면 다음과 같다. 첫째 단락은 Here is the house. It is green and white. It has a red door. It is very pretty. 이며, 둘째 단락은 Here is the house it is green and white it has a red door it is very pretty, 그리고 셋째 단락은 Hereisthehouseitisgreenandwhiteithasareddooritisverypretty이다. 이것은 마치 모범적인 백인 가정과 달리 피콜라가 속한 흑인 가정이 해체되는 과정을 보여주기도 하고, 어린 피콜라가 정신적, 육체적 충격을 받은 후 자아와 심리상태가 붕괴되어 혼란으로 치닫는 과정을 보여주기도 한다.

이런 혼란스러운 피콜라와는 달리 클로디아에게는 안정되고 제대로 된 부모가 있다. 클로디아의 엄마 맥티어 여사(Mrs. MacTeer)는 두 딸을 진심으로 걱정하며, 삶이 힘들 때면 블루스를 부르며 어려움을 해소하려 한다. 클로디아는 피콜라와 달리 셜리 템플을 무작정 숭배하지도 않고 백인 소녀 인형도 싫어하는데, 그녀는 백인 인형을 해부한 후 내부에 별다른 게 없다는 것을 알고 분노를 표출하기도 한다. 클로디아의 엄마는 폴린과 달리 딸들에게 정이 있을 뿐만 아니라 딸들을 보호해 준다. 가령, 클로디아의 언니 프리다(Frieda)가 세입자 헨리 씨(Mr. Henry)에게 성추행을 당할 뻔할 때 엄마는 분노하며 헨리 씨를 때리고 쫓아내며 딸을 지킨다.

이 소설은 백색신화(white mythology)가 만연한 1940-50년대 미국 사회에서 흑인들이 소외되고 비참하게 되는 과정을 그리고 있다. 피콜라는 자신이 따돌림을 당하게 된 원인은 피부색이 검기 때문이라고 인식하고 백인을 닮으려 한다. 이것은 엄마 폴린이 백인 가정에서 식모로 일하며 백인 문화에 빠져있는 것과 무관하지 않다. 엄마가 백인 영화배우를 닮으려고 하듯이, 피콜라 역시 당시 어린이들의 우상인 셜리 템플을 신봉한다. 폴린은 현실을 잊고 자기만의 세계에 빠지기 위해 영화관에서 백인 여배우 진 할로우(Jean Hollow)가 나오는 영화를 보다가 앞니가 부서지는 것을 경험한다. 이와 같이 폴린과 피콜라는 모녀의 정을 확인하고 발전시키기보다는 대화와 접촉이 없이 홀로 자신만의 왜곡된 세계를 구축하고 있는 것이다.

폴린과 피콜라의 모녀관계가 단절된 한 사례는 폴린이 일하는 백인가정에 놀러온 피콜라가 실수로 무언가를 흘리자 딸의 안전을 걱정하기보다 그 집 마룻바닥이 괜찮은지 걱정하는 폴린의 가치 전도된 모정에서 잘 나타난다. 폴린의 딸에 대한 무관심은 그녀의 힘든 삶도 원인이 되지만 부지불식간에 내면화된 백인 문화의 동경 때문이기도 하다. 폴린이 자신의 아이들은 잘 돌보지 않고 백인 주인의 아이에만 빠져 있는 모습은 2013년도에 개봉된 리 다니엘즈(Lee Daniels)가 감독한 영화 <버틀러(The Butler)>의 주인공을 떠올리게 한다. 즉, <버틀러>의 주인공 세실 게인즈(Cecil Gaines)는 백악관 대통령 집사로 책임감 있게 근무하지만 자신의 가족을 소홀히 하고 흑인의 지위 향상에 무관심하기 때문이다. 하지만 <버틀러>의 주인공은 나중에 흑인 민권 운동에 참여하는 아들을 지원하며 행동가로 변모한다는 점에서 자신의 딸보다 미국 주인집 딸을 더 챙기며 자신의 딸과의 관계를 소원하게 만드는 폴린과는 많은 차이점이 있다고 하겠다.

딸에 대한 폴린의 무관심보다 더 무시무시한 행위는 촐리가 자행하는 피콜라에 대한 근친상간이다. 『가장 푸른 눈』은 미국 고등학교에서 금서로 지정될 정도로 받아들이기 힘든 반인간적 과오가 매우 자세하게 묘사되어 독자를 충격에 빠뜨린다. 촐리는 어느 날 술에 취한 채 집에 돌아와 설거지를 하는 딸의 뒷모습을 바라보며 묘한 감정에 사로잡힌다. 한쪽 종아리를 다른 다리로 긁는 모습을 통해 아내 폴린의 예전 모습을 상기하면서 불쌍하게 보이는 딸을 자신이 성적으로 구원하리라는 위험한 발상을 하며 딸에게 다가간다. 모리슨은

촐리의 딸에 대한 성폭행을 인면수심의 악한으로 그리기보다
는 불가피한 인간적인 모습으로 묘사한다. 그러나 독자들은
이런 촐리를 이해하기 힘들다. 어떤 비평가는 촐리의 딸에 대
한 근친상간을 랠프 엘리슨의『보이지 않는 인간(*Invisible Man*)』
에서 흑인 소작농 트루블러드(Trueblood)가 자신의 딸을 근친
상간하는 것과 관련이 있다고 하기도 한다.

피콜라가 아빠의 아이를 임신했을 때 엄마 폴린은 피콜라를
보호하고 남편을 꾸짖어야 함에도 불구하고 오히려 피콜라를
때리고 학교에도 가지 못하게 한다. 이는 사파이어(Sapphire)의
소설『푸쉬(*Push*)』(1996)를 연상시키는데, 할렘에 사는 클레리스
프레셔스 존스(Claireece Precious Jones)도 아버지에게 여러 번
성폭행 당해서 불쌍한 처지임에도 불구하고 엄마로부터 구박
을 받는다. 피콜라는 결국 아이를 출산하지만 그 아이는 곧
죽게 되고 피콜라 자신은 나중에 미쳐버린다. 소설 마지막에
미친 피콜라는 가상의 친구와 대화하는데, 자신의 눈이 파란
색인지 자꾸 물어본다. 독자는 이런 불쌍한 피콜라에게 동정
이 가지 않을 수 없다.

모리슨의 대부분의 소설들이 그렇듯 소설은 촐리와 폴린의
무책임한 부모 역할을 설명하기 위해서 과거로 돌아간다. 특
히 촐리가 겪은 과거의 트라우마는 그가 현재 자포자기의 삶
을 살아가는 이유를 설명하기에 충분하다. 즉, 촐리는 아버지
없이 태어나 엄마에 의해 며칠 만에 쓰레기통에 던져졌으며.

지미 이모(Aunt Jimmy)가 그를 주워 키웠다. 자신의 아버지를 찾아 나선 촐리는 아버지로부터 무시를 당했을 때 큰 충격을 받는다. 그는 또 옛 애인 달린(Darlene)과 야외에서 성행위를 할 때 백인 어른 두 명이 손전등을 비추며 구경하며 키득거리는 것을 접하고 굴욕감을 경험한다. 그는 그의 분노를 백인이 아닌 달린에게 돌린다. 첫 섹스에서 이런 충격을 받았기 때문에 촐리는 성행위에 대해서 왜곡된 생각을 가지고 있는 것이다. 이렇게 부모로부터 버려지고 왜곡된 성 경험을 한 촐리는 다행히 폴린을 만나 새롭게 사랑을 느끼고 남부에서 북부로 이주하게 된 것이다. 하지만 새로운 삶을 살려고 했던 촐리 부부의 노력과 꿈도 인종차별적 사회 구조와 문화 때문에 좌절된다. 이와 같이 촐리의 무책임한 아버지 역할은 원인을 살펴보면 어릴 적 트라우마가 큰 원인이 된다고 할 수 있다.

폴린 역시 과거를 살펴보면 결핍이 많은 여인이다. 알라바마에서 두 살 때 다리에 못이 찔려 한쪽 발을 절게 된 폴린은 열다섯 살 때 우연히 촐리를 만나 그녀의 아픈 다리를 어루만져 준 점에 애정을 느껴 결혼하게 된다. 그 후 일자리를 구하기 위해 로레인에 왔으나 부부는 도시의 힘든 삶과 돈 문제와 촐리의 술주정 때문에 자주 싸우게 되며 둘의 사이는 벌어지게 된다. 또한 폴린은 피콜라를 출산할 때 병원에서 백인 의사가 수술실에서 참관하는 학생들에게 그녀를 암말에 비유하며 고통을 느끼지 않을 거라고 하는 말을 듣고 충격에 빠진다.

　　그 [나이든 의사]가 내게로 오더니 이런 여자들은 여
　러분을 고생시키지 않을 거라고 말했어. 그들은 고통도
　없이 쉽게 출산한다고도 했지. 마치 암말처럼. 젊은 의사
　들이 약간 웃었어. 그들은 내 배와 가랑이 사이를 살펴봤
　어. 나에게는 아무 말도 건네지 않고 딱 한 명만 나를 바
　라보았어. 내 말은 내 얼굴을 봤다는 뜻이야. 나도 그를
　쳐다봤지. 그는 얼른 눈을 떨구고 얼굴은 홍당무가 되었
　어. 내 생각에는 그는 내가 새끼를 배고 있는 암말은 아
　니라는 것을 안다는 표정이었어.(148)

　의사와 다른 모든 학생들이 폴린을 비하하는 시선으로 바
라보았지만 한 명의 학생은 폴린을 인간적으로 응시한 것이
다. 폴린은 그러한 고통 속에서 낳은 피콜라가 못생겼다는 것
을 보고 더 슬픔에 빠진다.

　『가장 푸른 눈』은 흑인과 백인의 갈등 외에 흑인사회 내부
의 갈등도 잘 보여주고 있다. 이는 피부색으로 인한 갈등과
경제적 혹은 계급적 갈등이 혼합되어 나타나는 것이다. 대표
적인 경우는 피콜라의 친구 모린 필(Maureen Peal)과의 관계,
친구 주니어(Junior)의 엄마인 제럴딘(Geraldine)이 보여주는 피
콜라에 대한 차별, 그리고 심령술사 소우프헤드 처치(Soaphead
Church)가 보여주는 잔인한 태도이다. 모린 필은 피부색이 상
대적으로 하얀 흑인이기 때문에 학교에서 인기가 있고 그런
이유로 자신이 피콜라보다 우월하다고 여겨서 피콜라를 괴롭

힌다. 또한 피부색이 옅은 대졸 출신의 제럴딘 역시 자신의 피부가 하얗기 때문에 다른 흑인들보다 우월하다고 여기며 피부색이 검은 흑인들을 차별한다. 백인 동화주의자로 흑인성을 없애려고 애쓰는 제럴딘은 자신의 아들에게 피콜라와 사귀지 말라고 할 뿐만 아니라 아들이 피콜라를 괴롭히다가 고양이가 죽게 되자 오히려 피콜라에게 마음의 상처를 입힌다. 소우프헤드 처치는 피콜라가 파란 눈을 갈망하는 것을 부추기고 미혹시켜 파멸의 길로 인도한 또 한 명의 혼혈인이다. 그는 피콜라를 그의 주인집 개를 죽이게 하기 위해 이용하는데, 그녀에게 파란 눈을 가질 수 있게 해 준다고 거짓말하여 피콜라를 죽음으로 몰아간다.

이 소설은 과연 진정한 아름다움이란 무엇이고, 그 가치 기준은 어디에 있는가에 대한 질문을 던진다. 책이 출판될 당시 미국사회의 분위기는 "검은 것이 아름답다"(Black is beautiful)라는 캐치프레이즈가 유행하던 흑인민권운동 시절이었다. 흑인의 자존심을 높여주는 이러한 구호에도 불구하고 피콜라를 포함한 브리드러브 가족은 흑인성을 자랑스러워하지 않았다. 오히려 그들은 지속적으로 백인 이데올로기 속에 빠져 들어가고 백인 문화를 내면화 하였다. 피콜라와 같이 자신의 외모에 자신감을 가지지 못하고 스스로를 혐오하는 흑인 소녀의 모습은 현재 한국사회의 외모지상주의 속에서 나타나는 성형 중독과 같은 병폐를 떠올리게 한다. 이것은 개인의 문제이기도 하지만 외모가 출세를 좌우하는 천민자본주의 소비사회가 가져온 커다란 문제점 중의 하나이다.

또한 『가장 푸른 눈』은 바람직한 가정은 어떠한 모습이어야 하는가를 보여주는 소설이기도 하다. 어려운 환경 속에도 타자를 생각해주며 부모의 역할을 다하는 클로디아 가정과 자식에게 무관심한 피콜라 가정을 대비시키면서 흑인 가정뿐만 아니라 보편적으로 바람직한 가정의 중요성을 보여준다. 피콜라가 죽어가는 것은 인종차별 사회구조의 탓도 크지만 잘못된 부모의 역할도 무시할 수 없기 때문이다.

또한 이 소설은 피콜라가 아버지의 아이를 임신했다는 사실에 대해서 쉬쉬하는 흑인 공동체의 폐쇄성을 드러내고 비판한다. 피콜라를 불쌍히 여긴 친구 클로디아와 프리다만이 피콜라의 아이를 위해 금잔화를 심는다. 그러나 불행히도 금잔화는 싹이 나지 않는다. 이런 흑인 사회의 폐쇄성은 하퍼 리(Harper Lee)의 『앵무새 죽이기(To Kill a Mockingbird)』에서 죄 없는 흑인 남자를 죽음으로 몰고 간 백인 사회의 폐쇄성을 떠올리게 한다. 백인 여성이 흑인 남자를 유혹했음에도 불구하고 흑인이 백인 여성을 강간하려 했다고 몰아가는 남부 알라바마 주 백인 사회의 폐쇄성은 백인의 수치심을 감추려는 태도이기 때문이다. 그러므로 모리슨은 피콜라의 죽음을 야기한 아버지 촐리를 비판하기도 하지만 폐쇄적인 흑인 공동체도 동시에 비판한다고 볼 수 있다.

제목 『가장 푸른 눈(*The Bluest Eye*)』에서 눈(eye)이 복수가 아니고 단수로 씌어진 이유는 무엇일까? 모리슨은 제목을 중의적으로 쓰고 있다. 눈(eye)은 나(I)로도 읽힐 수 있다. 그렇다면 제목은 가장 푸른 눈이라는 의미 외에 "가장 우울한 나"(The Bluest I)라고도 읽힐 수 있다. 인종차별 사회의 희생자이고 가정 폭력의 희생자인 피콜라는 소설에서 가장 우울한 인물인 것이다. 특히 피콜라의 이름은 친구 모린 필이 말하듯이 당시 인기 있었던 영화 <슬픔은 그대 가슴에(*Imitation of Life*)>에 나오는 피올라(Peola)에서 연유한다. 영화에서 혼혈인인 피올라가 피부색 검은 엄마를 창피하게 여겼다가 엄마가 죽은 후 장례식 때 슬퍼한다는 내용을 『가장 푸른 눈』에서 피부색 검은 피콜라가 겪는 정체성 혼란과 병치시켜 생각해 볼 수 있다. 그래서 작품 마지막에 피콜라가 가상의 친구와 대화하는 장면에서 독자는 그녀가 백인처럼 파란 눈을 가져서 기뻐하는 것처럼 보이지만 실제로는 정체성 혼란이 더 심해지고 우울해졌음을 알 수 있다. 이탤릭체로 전달되는 가상의 친구와의 대화에서 피콜라는 촐리가 한 번 더 근친상간 했다는 사실을 알려준다. 그런 모습을 목격하는 독자 역시 우울해지는 것이다.

　결론적으로, 모리슨은 『가장 푸른 눈』에 나타난 피콜라 가족의 비극적 삶을 통해 가치가 전도된 1940년대 미국 사회를 비판하고 있다. 특히 흑인들이 겪는 비극은 백인이 중심이 되는 미국사회에 그 원인이 있으며, 그 사회를 무분별하게 받아들이는 흑인 사회도 문제가 있음을 넌지시 알린다. 그리하여 모리슨은 이 소설을 통해 흑인들에게는 자존감과 정체성 회복을, 백인들에게는 흑인에 대한 이해와 배려를 촉구한다고 볼 수 있다.

생각해 볼 문제

1) 『가장 푸른 눈』에는 피콜라 집 이 층에 사는 세 명의 창녀—블루스를 부르는 폴란드(Poland), 차이나(China), 미스 마리(Miss Marie)—가 언급된다. 2차 대전 막바지를 배경으로 하는 이 소설에서 나라 이름과 이름이 의미하는 바가 무엇이며 세 창녀들은 피콜라에게 어떤 영향을 미치는가?

2) 이 소설은 백인 문화에 빠져있는 폴린을 통해서 자본주의 문화산업의 문제점을 비판하고 있다고 볼 수 있는데, 구체적인 사례를 제시하라.

3) 이 소설에서는 흑인과 백인 사이의(interracial) 갈등 외에도 흑인들 간의(intraracial) 갈등이 나타나는데 예를 들어 설명하라.

4) 왜『가장 푸른 눈』의 장별 순서가 봄, 여름, 가을, 겨울
   이 아니고, 가을, 겨울, 봄, 여름이라고 생각하는가?

5) 피콜라에게 파란 눈을 가지게 해 준다고 유혹하는 소우
   프헤드 처치는 어떠한 사람이며, 모리슨은 왜 중간에 이
   인물을 등장시켰는가?

『타르 베이비』

네 번째 소설『타르 베이비』가 출간된 1981년 3월 모리슨
은 시사주간지『뉴스위크』의 표지사진을 장식한다. 이는 이제
모리슨이 미국 내 중요한 여성소설가로 등장하였음을 증명한
것이다.『타르 베이비』는 4개월 동안 베스트셀러 목록에 올라
있을 정도로 성공적이었지만 비평가들로부터 부정적인 평가
를 받기도 했다. 어떤 비평가는 모리슨이 백인을 주요 등장인
물로 내세운 것이 문제라고 하였고, 또 다른 비평가는 작품의
결말이 애매모호하다고 하였다. 하지만 모리슨이 백인을 주요
인물로 등장시켰다 하더라도 주인공은 흑인이고, 이중적이고
불확정적인 결말은 독자의 적극적인 참여를 유도하는 작가의
전략이라고 볼 수 있다.

프롤로그를 제외하고 10개의 장으로 구성된『타르 베이비』

는 미국의 지역만을 배경으로 하지 않고 서인도 제도까지 배경을 확장한 소설이다. 뿐만 아니라 주요 등장인물들은 다양한 계급의 흑인들뿐 아니라 자본가 계급의 부유한 백인들도 포함한다. 이런 점에서 『타르 베이비』는 최근 비평가들이 말하는 "백인의 삶을 다룬 흑인소설"(white life novel)로 볼 수도 있다. 하지만 『타르 베이비』는 1940년대 흑인 대중작가 프랭크 열비(Frank Yerby)의 작품인 『해로우 농장의 팍스 가문(*The Foxes of Harrow*)』 혹은 조라 닐 허스턴의 『스와니 강의 천사(*Seraph of the Suwanee*)』에 등장하는 백인 주인공들과 달리, 백인 등장인물들이 흑인 주인공들의 정체성 갈등에 포일(foil)의 역할로 작용하거나 백인문화의 문제점을 노출하는 데 활용된다는 점에서 차이가 있다.

이 소설은 단순하게 보면 피부색 검은 흑인 남자 선 그린(Son Green)과 피부색이 옅은 흑인 여자 제이딘 차일즈(Jadine Childs)의 좌충우돌의 사랑이야기로 볼 수 있다. 왜냐하면 두 주인공은 계급적인 차이로 인해 살아온 삶과 목표가 다르지만 우연히 만난 후 서로에게 끌렸다가 헤어지는 모습을 보여주기 때문이다. 그러나 이 소설을 천착하면 위 두 사람의 갈등을 통한 흑인 정체성과 흑인운동의 미래의 방향성 문제뿐만 아니라 흑인과 백인의 갈등, 흑인간의 계급적 갈등, 그리고 백인 자본가를 통한 미국 자본주의의의 비판까지 확대된다.

백인 자본가 발레리언(Valerian Street)은 서인도 제도 카리브

해 어느 가상의 섬인 슈발리에 섬(Isle des Chevaliers)을 소유한 사람으로서 대저택 라브 드 라 크루와(L'Arbe de la Croix)에서 백인 부인 마가렛(Margaret)과 살아간다. 그곳에서 백인 부부는 시종이자 친구인 흑인 시드니(Sydney Childs)와 온딘(Ondine) 부부를 데리고 유유자적하게 살고 있다. 시드니와 온딘 밑에는 서인도 제도 원주민인 60세의 마리 테레즈 푸코(Marie Thérèse Foucault)와 그녀의 두 살 어린 조카 기디온(Gideon)이 있다. 시드니와 온딘은 어떤 면에서는 백인문화와 발레리언의 주인의식을 부지불식간에 내면화 했다고 볼 수도 있는데, 그들은 자신들이 "근면한 필라델피아 흑인" 출신이라는 점을 내세워 같은 흑인임에도 불구하고 도미니카 출신 흑인 원주민 테레즈와 기디온을 차별하는 측면이 있다.

이야기의 전개는 크리스마스 전날 마가렛이 침실 옷장 속에서 흑인 선이 숨어있는 것을 발견하고 나서부터이다. 기다리던 아들 마이클(Michael)은 오지 않고 흑인이 옷장에 숨어 있는 것을 본 마가렛은 혼비백산한다. 그러나 발레리언은 경찰을 부르는 대신 선의 출현을 마치 대리 아들이 온 것처럼 친절하게 대하며 식사에 초대한다. 선은 플로리다 엘로에(Eloe)라는 섬 출신으로 연하의 남자와 외도한 아내 샤이엔(Cheyenne)을 차로 치어죽인 후 이름을 여러 가지로 바꾸면서 도망 다니는 처지이다. 처음에 선은 발레리언이 잘 대해줄 뿐만 아니라 피아노도 있고 집 조명도 멋진 발레리언의 대저택에 끌리며 만족한다. 그러나 그곳에 머물면서 발레리언이 기디언과 테레즈에게 계급적으로, 인종적으로 차별하는 것을 보고 점차 발레리언에게 저항감을 드러낸다.

제이드(Jade)라고도 불리는 제이딘은 시드니의 조카인데 열두 살 때 엄마를 잃고 발레리안의 경제적 후원으로 프랑스 파리 소르본느 대학에서 예술사 공부를 위해 유학 중에 있다. 유명한 잡지에 표지모델로 실릴 정도로 외모가 빼어난 그녀는 파리에 릭(Ryk)이라는 백인 약혼자를 두고 있다. 릭은 제이딘에게 물개코트를 선물로 주며 환심을 사려고 하지만 그녀는 아직 그와의 결혼에 대해서 결정을 내리지 못하고 있다. 제이딘은 어느 정도 백인사회에 안락함을 느끼고 동화되어 왔으나 한 번씩 자신의 정체성에 혼란을 느낀다. 이런 제이딘은 발레리언 집에서 흑인 마을에서 온 선을 보고 처음에는 반감을 가지며 무례하게 대한다. 선 역시 제이딘에게 파리에서의 성공을 위해서 몸을 팔았을 거라고 말하며 모욕을 주기도 하고, 또한 제이딘을 백인이라 칭하는 등 오해와 긴장관계를 형성한다. 하지만 그들은 문화적 고아라는 공통분모 속에서 곧 서로에게 끌려 연인관계로 발전한다.

밀고 당기는 사랑싸움 속에서 선과 제이딘은 크리스마스 다음 날 뉴욕으로 간다. 서로 자신의 삶과 철학에 맞도록 상대방을 억지로 변화시키려고 하다 보니 둘 사이에는 균열이 생긴다. 제이딘은 선의 촌티(funkiness)를 벗겨내고 싶어 대학에 가기를 바라지만 마음대로 되지 않는다. 마찬가지로 선은 제이딘을 진정한 흑인 공동체의 여자로 만들기 위해 고향 엘로에로 데리고 가지만 성공하지 못한다. 제이딘은 뉴욕에서 친구도 만나고 할렘도 활보하면서 도시 문화를 만끽하지만 흑인들만 사는 엘로에 마을 출신인 선은 뉴욕에 적응하지 못한다. 선은 "90가구 385명이"(236)[2] 마을을 구성하는 엘로에를 진정한 고향으로 여기며 어느 곳보다 더 좋아한다. 그런 점에서 엘로에는 모리슨의 최근 소설 『고향』에서 흑인들만 사는 프랭크의 고향 조지아의 로터스를 떠올리게 한다. 그러나 선의 기대와는 달리 제이딘은 엘로에 마을에서 환멸을 경험하는데, 그녀는 엘로에 마을의 여성들이 자신을 질식시킨다고 생각한다.

> 그 여자들은 아주 볼품이 없는 사람들이었다. 발뒤꿈치는 양파같이 생겼고, 배불뚝이에다 머리는 땋아 늘어뜨렸다. 그들이 무기인양 들이민 젖가슴들은 축 쳐져있었고 거무스름한 건포도로 끝 부분을 동여맨 헐거운 자루 같았다. 노란 옷을 입은 여자의 미끈거리는 길고 검은 팔과 계란을 거머쥔 긴 손가락들은 생각만 해도 불쾌했다. 제이딘은 환영을 보았을 뿐 아니라 자기를 쫓아다니는 꿈의 무기력한 희생자가 되었기에 불쾌하기 짝이 없었다.

---

[2] 이하 『타르 베이비』의 번역과 쪽수는 신진범의 역서를 참조하였음.

…그들은 지금까지 제이딘이 공들여 가꾸어 온 자아를
뜯어내 그들의 축 처진 가슴으로 질식시켜 죽이려는 것
같았다.(364-65)

선은 동화주의에 빠져있는 제이딘으로 하여금 흑인 여성
선조를 만나게 함으로써 흑인성을 배우게 한다. 반대로 제이
딘은 선이 흑인 절대주의에서 빠져나오기를 바란다. 그러나
둘은 결국 화해하지 못하고 각자 자신의 길을 간다.

이 소설은 제이딘의 관점에서 보면 흑인으로서 유럽의 교
육을 받고 돌아와서 조국의 현실에 적응하기 힘든 식민지 지
식인의 모습을 보여준다. 제이딘은 프랑스의 한 슈퍼에서 계
란 세 개를 들고 있는 피부색이 검은 흑인 여성이 자신을 쳐
다본 후 무시하며 침을 뱉는 것을 경험하며 자신의 이중적 존
재와 정체성 혼란을 경험한다. 또한 그녀는 슈발리에 섬에서,
그리고 미국 뉴욕과 플로리다에서 새로운 연인 선과 아무리
가까워지려고 해도 문화적, 인종적 차이를 극복할 수 없다.
뿐만 아니라 그녀는 이미 백인 문화에 동화되어 발레리언의
저택에서 일하며 공항청소부를 맡고 있는 앨마 에스티(Alma
Estée)에게도 그냥 메리라고 부를 정도로 계급과 피부색이 다
른 흑인들을 차별하는 모습을 보인다. 더구나 제이딘은 그녀
를 키워준 시드니 부부에게 부담감만 느낄 뿐, 고마움을 느끼
지 못하는 이기적인 모습을 보여주며 도시에서 살다온 젊은

세대와 섬에 남은 구세대 간의 갈등을 보여준다.

　이 소설에서는 계급의 반전이 있는데 그것은 바로 하녀인 온딘이 백인 안주인 마가렛에게 반항하는 장면이다. 마가렛은 혼자서 마이클을 키우면서 아들을 바늘로 찌르는 등 학대를 한 적이 있는데, 온딘이 발레리언에게 마가렛이 아들을 학대했다고 고자질하는 것이다. 발레리언과의 결혼 이후 가톨릭과 십자가를 버린 마가렛은 남편의 무관심 속에서 혼자 아들을 키운다는 것이 쉬운 일이 아니었다. 그래서 마가렛은 "내가 한 짓이 옳지 못했다는 거 알아요. 나쁜 짓이란 걸 알았다구요. 하지만 한편으로는 즐거웠어요."(322)라고 말하며 자신의 트라우마를 아들에게 전가한 것을 시인했다. 나중에 온딘은 제이딘과의 대화에서 마가렛이 마이클을 핀으로 찌른 것은 발레리언의 아기였기 때문에 그랬다고 말하며 마가렛을 어느 정도 이해하기도 한다.

　또한 온딘은 발레리언에게도 대들기도 하는데, 그녀는 발레리언 대저택의 부엌을 "나의 부엌"(286)이라고 하며 그동안 자신의 노동과 역할에 대해서 강조한다. 이는 『가장 푸른 눈』에서 폴린이 백인 가정에서 가정부로 일할 때 찾아온 딸 피콜라가 흘린 파이를 보고 "나의 마룻바닥"이라고 한 것을 떠올리게 한다. 폴린이 백인 문화를 완전히 내면화 하고 자신의 아이를 내팽개친 데 반해 온딘은 동화주의적인 면이 있기도 하지만 주인에게 할 말은 하고 또한 나중에 프랑스로 돌아가려는 제이딘에게 좋은 딸과 같은 조카가 되어야 한다고 말을 하는 등 제이딘이 올바른 길로 갈 수 있도록 충고를 해준다.

『가장 푸른 눈』과 유사하게 『타르 베이비』도 백인의 흑인 차별과 흑인의 진정한 정체성 추구에 대해서 생각하게 해준다. 또한 『가장 푸른 눈』처럼 진정한 아름다움이란 무엇인가의 문제를 제기한다. 『가장 푸른 눈』에서 못생긴 흑인 소녀가 아름다움을 추구하다 비참하게 되는 이야기를 다루었다면, 『타르 베이비』에서는 마가렛과 같은 미모를 가진 백인 여자가 외모 덕분에 부자인 발레리언과의 결혼에 성공했으나 결혼생활은 순탄하지 않은 것을 보여준다. 제이딘 역시 미모에 힘입어 프랑스 남자를 사귀기도 하지만 흑인 정체성 문제 때문에 갈등한다.

원주민이 살던 슈발리에 섬이 자본의 힘과 논리를 앞세운 백인들에 의해 정복되었음을 보여주듯이, 작품 마지막에 기마족의 활동과 후손의 모습은 이 섬의 흑인 노예들이 백인들에 의해 포획된 후 사탕수수 농장에서 혹독하게 고생했음을 느끼게 해준다. 모리슨은 이 소설에서 백인 자본가의 이윤추구와 원주민에 대한 착취를 통렬하게 비판한다.

그는 그 사탕을 어린아이들에게 팔아서 백만장자가 되었고, 그렇게 번 돈으로 사탕수수가 자라는 정글 속이 아니라 그 근처로 이사를 온 것이다. 발레리언은 자신이 할

수 없는 일을 시키기 위해 흑인들을 고용했고, 그들의 노
동력을 이용해서 정글에 궁궐 같은 집을 지었다. 그러고
는 그 흑인들에게 사탄도 찜 쪄 먹을 수준의, 말도 안 되
는 돈을 주었다. 그리고 지금 그는 그토록 착취했던 흑인
들이 사과 몇 개를 크리스마스 저녁 식사를 위해 가져갔
다고 해서 해고해 버렸다.(279-80)

그러나 모리슨은 자본가인 발레리언을 사악한 백인으로 묘
사하기보다는 "무지한 죄"를 범한 사람으로 다루며 완전한 비
판을 유보한다. 발레리언은 구두쇠도 아닌 인간적, 합리적인
면을 가진 자본가이며 첫 번째 부인과 이혼 후 17세 차이가
나는 미스 메인의 "천한 가문 출신의 10대 소녀"(76)와 결혼한
다. 온실에서 고전음악을 들으며 자기만의 세계를 구축하며
살아가기도 하는 발레리언은 나중에 발작이 온 후 다시 부인
에게 의존해야 할 정도로 연민을 불러일으키기도 한다. 하지
만 그럼에도 불구하고 발레리언은 착취하는 자본가의 단면을
보여주는데, 그에게는 테레즈가 사과 하나를 훔쳤다는 이유로
쫓아내는 비정함이 있다. 모리슨은 발레리언과 같은 자본가를
통해 서구 중심 담론을 해체한다.

『가장 푸른 눈』의 제목이 중의적이듯이, 『타르 베이비』라는
제목도 여러 가지 의미를 내포한다. "타르 베이비"(Tar Baby)는
표면적으로 보면 흑인을 비하하는 용어로서 흑인을 상징하는

트릭스터 기능을 한다. 독자들은 소설을 다 읽고 나서도 타르 베이비가 과연 무엇을 의미하거나 누구를 의미하는지 알기가 쉽지 않다. 작품 속에서 선과 제이딘의 다음의 대화를 보면서 타르 베이비가 어떤 맥락에서 쓰이는지 살펴보자.

> "당신한테 해 줄 이야기가 있어."
> "내 눈앞에 꺼져 버려."
> "당신도 그 얘기를 좋아할 걸? 짧아. 지금 상황에 딱 들어맞는 얘기지."
> "날 건드리지 마. 건드리지 말라고."
> "옛날에 농부가 한 명 있었지. 백인이었어."
> "닥쳐!"
> "그 사람은 뭣 같은 농장을 가지고 있었어. 그리고 토끼가 한 마리 있었지. 그런데 토끼가 농장으로 와서 백인이 키우는 배추를 먹어 버리는 거야."
> "아예 날 죽이는 게 더 나을 걸? 날 죽이지 않으면 당신이 얘기를 끝내자마자 내 손으로 당신을 죽일 거야."
> "그냥 몇 포기만 먹었어, 무슨 말인지 알겠지?"
> "당신을 죽일 거야. 죽일 거라고."
> "그래서 그 농부는 토끼를 잡을 묘안을 생각해 냈어. 덫을 놓아서 잡아야겠다고 생각했지. 그래서 어떻게 했는지 알아? 타르 베이비 인형을 만들었어."(377-78)

백인작가 조엘 챈들러 해리스(Joel Chandler Harris)의 엉클 레무스(Uncle Remus) 이야기에 따르면 브레아 폭스(Brer Fox)가 꾀 많은 브레아 토끼(Brer Rabbit)를 곤란에 빠뜨리기 위해 타르 베이비를 만들어 토끼를 유혹한다. 토끼는 타르 베이비가 덫인 지도 모르고 타르 베이비에게 말을 걸게 되고 자신도 모르게 찐득찐득한 타르 베이비 때문에 움직이지 못하게 된다. 이에 토끼가 꾀를 써서 여우에게 브라이어 패치(덤불)를 제외한 다른 곳에 좀 던져달라고 간청한다. 그런데 덤불이 바로 토끼가 편안하게 생각하는 집인 줄 모르고 여우는 토끼를 더 괴롭히려고 덤불에 던지자 토끼가 다시 해방되었다는 이야기이다 (Jurecic, Rampersad 151-52).

　모리슨은 해리스의 이야기를 『타르 베이비』에서 다시 쓴다. 토끼는 자신의 문화를 찾는 흑인이고 타르 베이비는 여우 혹은 농부가 만든 지배 문화의 유혹을 의미한다. 그리고 덤불은 흑인 전통문화 유산과 가치를 의미한다. 선의 입장에서 보면 선이 토끼이고, 발레리언이 백인 농부이며, 제이딘은 타르 베이비이다. 왜냐하면 백인문화에 동화된 제이딘은 백인이 만들어 놓은 덫이기 때문이다. 하지만 제이딘의 입장에서 살펴보면 제이딘이 토끼이고 선이 제이딘의 타르 베이비이다. 왜냐하면 그는 제이딘을 유혹하여 전통적인 흑인 여성으로 만들려 하기 때문이다. 그러나 제이딘은 선이 흑인 공동체를 강조하는 것이 자신의 발전을 막는 장애물이라고 생각하고 선의 제의를 거부하고 자신의 덤불인 파리로 돌아간다. 선 역시 제이딘이 제시하는 백인 문화로부터 탈피하여 흑인 정체성을 추구하기 위해 떠난다. 타르 베이비는 상대방의 발목을 잡는 부정적인 의미도 있겠지만 흑인 정체성을 나타내는 정수이기도 하기 때문에 흑인 고유의 유산과 역사를 강조하는 모리슨의 전략과 염원일 수도 있다.

선은 시간이 갈수록 제이딘에게 빠지는데 아무리 기디언이 제이딘을 떠나보내라고 충고해도 그는 제이딘의 존재를 "하나의 소리이자 선이 연주하고 싶었던 음악 전체와도 같은 여자"(416)로 여기며 아쉬워한다. 테레즈 역시 선에게 "그 여자[제이딘]는 옛날부터 전해 내려오는 특성을 잃어버린 여자야"(426)라며 잊으라고 한다. 그런 점에서 모리슨은 선의 민족주의적 경향도 비판하지만 제이딘처럼 동화주의에 빠져 흑인 정체성을 잃은 사람도 비판한다. 모리슨은 소설의 헌사에서 다섯 명의 여성에게 이 소설을 바치는데 그중 한 명은 엄마라마 워포드이고 "이들 모두는 그들의 진정한 예부터 전해오는 자질을 알았던 사람들"이다. 따라서 『타르 베이비』는 흑인 여성 선조의 의미에 대해서 생각해 볼 수 있는 소설이다. 또한 소설의 제사(epigraph)인 고린도전서 1장 11절에 나오는, "내 형제들아, / 클로이의 집으로부터 너희에 대한 말이 / 내게 들려오니 / 곧 너희 가운데 분쟁이 있다는 것이라."에서 클로이의 집(the house of Chloe)은 흑인 공동체를 의미한다. 즉, 모리슨은 『타르 베이비』에서 흑인 공동체에서 필수불가결하게 계급, 피부색, 성차간의 갈등이 일어남을 보여주면서 흑인 독자들이 그것들을 슬기롭게 헤쳐 나갈 것을 기대한다.

『솔로몬의 노래』에서 배꼽이 없는 주인공 밀크맨(Milkman)의 고모 파일럿(Pilate)과 나이가 백 살에 가까운 산파 서스(Circe)와 같은 신비한 인물들이 등장하듯이, 『타르 베이비』에서도 신비한 내용이 많이 나오는데, 가령 아보카도 나무가 말을 하고, 테레즈가 나이가 들었는데도 항상 모유가 차있고, 전사들이 유령처럼 나타나는 점이 그러하다(Kubitschek 91). 이러한 『타르 베이비』의 신화적 특성은 결말에서도 신비함과 모호함을 보여준다. 선은 테레즈가 제이딘이 떠났다는 말을 듣고 떠나는데 그것이 제이딘을 찾아 나서는 것인지 아니면 기마족이 간 길을 따라간 것인지 정확이 알기 힘들기 때문이다. 선은 "눈먼 부족" 출신인 테레즈의 충고대로 "눈이 멀고 아무것도 입지 않은 사람들"(426)을 찾아 처음에는 주저하면서 나아가지만 나중에는 확신에 차 전속력으로 달린다. 눈이 먼 사람들은 백인이 오기 전부터 그 섬에 원래 살았던 기마족이다. 모리슨은 결말에서 전해 내려오는 특성을 전수하지 않으려 하는 제이딘의 한계를 지적하고 선으로 하여금 눈먼 기마병을 찾아가게 하여 어느 정도 흑인 문화민족주의를 강조하는 것처럼 보인다. 그러나 모리슨은 『술라』에서 술라 혹은 넬 어느 한쪽을 옹호하지 않았듯이 여기서도 선과 제이딘 어느 한쪽을 절대적으로 옹호하지도 않는다.

따라서 독자는 모리슨의 입장이 무엇인지 알기 힘들다. 선과 제이딘 두 인물 중 어느 누구도 완전히 승리한 것처럼 보이지 않기 때문이다. 모리슨은 작품에서 포스트모더니즘 이론가들이 말하는 바와 같이 "이것 혹은 저것"(either~or)이라는 이분법적 대립이 아니라, "둘 다"(both~and)라는 수용적 입장을 취함으로써 불확정적인 결말을 유도한다. 이는 모리슨이 독자로 하여금 의미의 해석에 동참하여 나름대로 진지하게 고민해 보도록 유도하는 고도의 전략인 것이다. 모리슨이 언젠가 자신의 소설에 대해서 "나는 독자가 참여할 수 있도록 장소와 공간을 제공해야 한다. 왜냐하면 가장 중요한 것은 예술가와 화자 그리고 청중 사이의 공감적이고 참여적인 관계이기 때문이다"("Rootedness" 59)라고 말한 바처럼, 모리슨의 소설에 대한 진정한 이해는 여러 번 읽고 새롭게 생각하면서 가능해진다고 하겠다.

생각해 볼 문제

1) 소설의 제목 『타르 베이비』의 의미는 다양하다. 민담에 근거하여 모리슨이 의미하는 타르 베이비가 누구인지 설명하라.

2) 『타르 베이비』에 나오는 흑인 마을 엘로에 마을과 『고향』
   에서 묘사되는 로터스 마을을 비교하라.

3) 『술라』에서 메달리온 지역이 골프장으로 변모하는 것처
   럼 『타르 베이비』에서도 백인 발레리언은 자연의 섬을
   개발한다. 모리슨의 환경파괴에 대한 비판에 대해서 설
   명하라.

4) 이 소설에 음식 이미지가 중요한데, 그중에서 사탕과 설
   탕은 무엇을 의미하는가?

5) 발레리언의 부인 마가렛을 『자비』의 제이콥 바크의 부인
   레베카와 비교하여 유사점과 차이점을 논하라.

흑인 여성의 우정과 배신, 그리고 사랑

『술라』와 『러브』

  1973년에 출판된 두 번째 소설인 『술라』와 2003년에 발표된 여덟 번째 소설인 『러브』는 출판년도가 30년이라는 시차가 있다. 내용에 있어서도 『술라』가 오하이오 주 가난한 흑인 마을인 바닥촌(Bottom)을 배경으로 수십 년에 걸친 흑인들의 삶의 애환을 담고 있다면, 『러브』는 1990년대 동부 어느 해안가를 배경으로 호텔업으로 부자가 된 빌 코지(Bill Cosey)와 그의 주변 인물들 간의 관계와 갈등을 다루고 있다. 이렇게 시간적 배경과 공간적 배경이 상이하고 내용적인 면에서도 차이점들을 보이고 있지만 두 소설은 주요 여성 인물들이 서로 애증의 관계에 있다는 측면에서 유사성이 있는 소설이다. 달리 말하면, 모리슨은 두 소설에서 인종갈등, 전쟁 후유증, 민권 운동, 가족 구성원의 갈등 등의 주제 외에도, 두드러지게 두 흑인 여성들의 사랑과 배신을 다룬다. 즉, 친밀했던 두 친구가 어떠한 계기에 의해서 서로 배신감을 경험하고 시간이 흐른 뒤 다시 만났으나 한 친구가 죽게 됨으로써 몰랐던 둘만의 사랑을 다시 느끼는 흑인 여성간의 애정관계가 잘 나타난다. 따라서 두 소설은 흑인여성의 관계 회복을 통해 소외받는 여성들의 상호 연대의 가능성이라는 보편적 주제에 다가가고 있다고 하겠다.

『술라』

『술라』는 출판 후 비평가들의 관심을 모으며 인기를 누려 2년 후인 1975년에 전미도서상(National Book Award) 후보에 오른 작품이다. 『가장 푸른 눈』에서 피콜라를 통해 흑인 소녀의 자아가 파괴되는 과정을 다루었다면, 『술라』는 흑인 소녀들이 성숙해 가는 과정을 다룬다. 즉, 『술라』에서는 자유분방한 술라 피스(Sula Peace)와 정숙한 넬 라이트(Nel Wright)가 보여주는 우정과 배신 그리고 사랑이 두드러지게 나타난다. 구체적으로 살펴보면 소설은 어렸을 적 두 소녀의 우정이 넬의 결혼을 통해 손상되게 되고, 그 후 넬의 마음을 다치게 했던 술라가 병으로 죽고 난 뒤 넬이 느끼는 술라의 부재의 의미와 공허함에 대한 깨달음을 보여준다. 그러나 내용을 심층적으로 접근해보면 단순한 두 흑인 여자의 사랑과 배신을 넘어서는데, 모리슨은 독자로 하여금 성격과 사고방식이 대조적인 술라와 넬의 관계를 통해 선과 악에 대한 새로운 이해와 흑인의 개인과 공동체와의 관계에 대해서도 생각하게 한다.

이야기는 1차 세계대전이 끝난 후 1919년부터 1965년까지를 시간적 배경으로 하며 오하이오 주 가상의 마을인 메달리온(Medallion)이라는 백인 마을 옆에 위치한 바닥촌이라는 흑인 마을을 공간적 배경으로 한다. 모리슨은 바닥촌의 아이디어를 어머니 라마로부터 얻었는데, 부모님이 펜실베니아주 피츠버그에 살았을 때 피츠버그 언덕에 흑인들이 많이 살았다고 한다. 2부로 구성되어 있는 이 소설은 각 장별 제목이 연도로 되어 있다. 1부에서는 술라가 마을을 떠나기 전까지의 이야기가 전개되고, 2부는 10년 만에 술라가 마을에 다시 돌아와서 전개되는 이야기이다.

프롤로그에서는 바닥촌의 유래에 관한 이야기가 서술되는데, 백인주인이 무지한 흑인을 속여서 좋은 땅을 차지하고 언덕 빼기 가치 없는 땅을 천국의 바닥이라고 하며 준다. "1919"에서는 1차 세계대전에서 포탄충격(shell shock)의 외상 속에 살아가는 흑인 참전 용사 쉐드랙(Shadrack)이 등장하는데, 그는 혼자서 국가자살일(National Suicidal Day)을 제정하여 매년 지키고 있다. "1920"과 "1921"에서는 각각 차분하고 안정적인 넬 가정과 무질서하고 성적으로 자유로운 술라 가정이 비교

된다. "1920"장에서 넬은 엄마 헬렌 라이트(Helene Wright)와 남부로 향하는 기차여행에서 백인 차장에 의해 굴욕당하는 엄마의 모습을 보고 엄마처럼 살지 않겠다고 다짐한다. "1921"장에서 술라의 외할머니 에바(Eva)는 강인한 여성으로 남편 보이보이(BoyBoy)가 떠난 후 홀로 자식들을 키우기 위해 기차사고로 자신의 한쪽 다리를 상하게 하고 거액의 보험금을 탄다. 그녀는 막내아들 플럼(Plum)이 전쟁 후유증으로 고통스러워하자 죽게 만든다.

"1922"장에서는 술라와 넬의 우정이 깊어짐을 볼 수 있는데, 백인 소년들에 대항하는 술라의 이야기, 그리고 치킨 리틀(Chicken Little)이라는 아이를 데리고 장난을 치다가 연못에 빠져 죽게 한 후 공모하는 이야기가 소개된다. "1923"장에서 술라의 집에 불이 났을 때 엄마 한나(Hannah)가 죽어 가고 있음에도 불구하고 술라가 엄마를 구하기는커녕 지켜보며 재미있어한다. "1927"장에서 넬은 17세에 인종차별 때문에 취직에 실패한 흑인 주드 그린(Jude Greene)과 결혼하게 되는데, 그 결혼은 사랑보다는 관습적 형식의 결혼이다. 넬이 결혼하자 술라는 마을을 떠난다.

2부는 "1937"장으로 시작한다. 10년이 지난 후 "로빈 새떼와 더불어"(89) 다시 메달리온 마을에 나타난 술라는 많이 변했다. 대학을 다니기도 한 술라는 서른 살이 되었는데도 다른 여자들과 달리 나이든 모습이 없었다. 술라는 오랜만에 만난 에바 할머니에게 대들며 버릇없이 군다. 가부장제인 바닥촌 공동체는 술라가 결혼하지 않고 혼자 있는 것을 위험하게 바라보는데, 술라는 넬의 남편과 잠자리를 함으로써 둘 사이의 우정에 균열을 초래한다. "1939"장은 술라가 마을에 체류하면서 일어나는 여러 가지 사건들을 다룬다. 술라는 동네 여러 유부남들과 잠자리를 공공연히 가져 마을 여자들의 원한을 사게 되고 결국 공공의 적이 된다.

"1940"장에서는 넬이 병들어 죽어가는 술라를 3년 만에 찾아간다. "1941"장은 술라가 죽고 난 후 마을에 일어나는 여러 가지 변화를 다룬다. 술라가 죽으면 마을이 평온하리라 생각했지만 막상 술라가 죽자 마을 사람들은 경계심이 무너져 마을에는 각종 사고가 난다. 마지막장인 "1965"장은 오랜 세월이 지난 후의 변화된 바닥촌 마을에 대한 이야기이다. 요양원에 있는 에바를 방문한 넬은 에바로부터 치킨 리틀에 대한 이야기를 듣고 당황한다. 넬은 술라의 묘지에서 술라의 죽음을 안타까워한다.

모리슨의 여러 소설에 등장하는 여주인공 가운데 술라는 가장 페미니스트적 정신을 구현한 인물처럼 보인다. 인습과 구속을 싫어해서 결혼도 하지 않고 마음 내키는 대로 살아가는 술라는 『가장 푸른 눈』의 촐리만큼이나 위험한 자유를 누리고 있다. 예를 들면, 술라는 교회에 속옷도 입지 않은 채로 나타나기도 하고, 가정이 있는 동네 남자들과 무차별적으로 섹스를 한다는 점에서 윤리적, 도덕적 의식이 결여되어 있다고 하겠다. 물론 성적으로 자유분방한 기질은 외할머니와 어머니의 영향이 크지만 술라는 더욱 많은 남성들과 자유로운 연애를 한다. 흑인 여성은 통상적으로 인종적, 성적으로 열등한 위치에 놓여 있기 마련인데 그녀는 이러한 굴레를 넘어서는 것이다. 또한 술라는 죽어가면서도 넬 앞에서 죽음을 두려워하지 않는 모습을 보이는데, 그녀는 나무 그루터기(stump)로 죽어가는 것보다 삼나무(redwood)처럼 죽고 싶다며 죽음에 초연하다.

술라의 가장 파격적인 성적 행동은 넬의 남편 주드 그린과의 성관계이다. 술라가 건강이 나빠져 누워 있을 때 넬은 3년 만에 술라를 만나러 가는데 거기서 넬이 술라에게 왜 남편을 빼앗아가고 떠나게 만들었냐고 하자, 술라는 미안하다는 말 대신에 다음과 같이 담담하게 말한다.

> 그녀[넬]는 술라의 침대 이불 가장자리를 만지며 부드럽게 말했다.
> "우린 친구였지."
> "그래. 좋은 친구였지." 술라가 말했다.
> "그이를 건드린 것은 네가 날 사랑하지 않는 거였지. 그가 나를 사랑하게 그냥 둬야지. 넌 그이를 빼앗아갔어."
> "빼앗아 갔다는 게 무슨 말이니? 난 그 사람을 죽인 게

아니야. 난 그냥 그 사람과 섹스를 했을 뿐이야. 우리
가 서로 좋은 친구라면, 어떻게 그것도 극복하지 못하
니?"(145)

즉, 술라에게 섹스는 자신의 외로움을 해방시키는 또 다른
행위이다. 그러나 어느 남자에게도 얽매이지 않으려는 술라는
에이젝스(Ajax)라는 남자를 만나서 관계를 가진 후 "사랑의 소
유"를 알게 되어 남성관에 고민이 생기기 시작한다. 그래서
에이젝스가 떠나자 술라는 삶의 의미를 상실한다. 한편으로
술라는 여성해방주의자처럼 보이지만 책임감과 타자와의 소
통이 부족한 인물이다.

반면 넬은 보수적일 뿐만 아니라 관습적 삶에 갇혀 있다.
그녀는 종교적으로 엄격한 외할머니 세실(Cecile)에게 영향을
받은 엄마 헬렌으로부터 나름대로 전통적인 교육을 받았다.
넬은 그런 엄격한 엄마가 병상에 있는 세실 할머니를 만나러
뉴올리언즈로 가는 기차 여행에서 백인 차장에게 비굴한 웃
음을 지으며 다른 흑인 승객에게 반감을 준 사건을 잊지 못한
다. 그래서 그녀는 자신은 그러지 않고 당당하게 살 것이라
다짐한다 : "나는 나다. 나는 그들의 딸이 아니다. 나는 넬이
아니다. 나는 나다. 나"(28). 이는 넬이 어린 나이에 자신의 정
체성에 대해서 확인하는 과정을 보여준다. 그 일로 인해 넬이
엄마보다 친구 술라와 더 연대감을 맺게 되는 것도 사실이다.

하지만 넬은 자라온 환경을 무시할 수 없고, 여러 행동에서 술라와는 대조될 정도로 관습에 얽매이는 자신의 모습을 발견한다. 그녀의 자존심과 개인 주체의식은 주드 그린과 결혼함으로써 무너진다. 넬에게는 주드 그린과의 결혼 역시 사회의 관습을 중시한 것이고 실직한 주드를 위한다는 생각이 앞섰다. 뿐만 아니라 넬은 기존 사회의 이념에 맞추어 그럭저럭 잘 살아가지만 자신을 속이는 경우도 있다. 즉, 치킨 리틀이 술라의 장난으로 죽게 되었을 때 넬은 술라와 달리 죄의식을 느끼지만 어른들에게 말하지 않음으로써 술라와 공범자가 된다.

넬이 술라와 새롭게 화해하는 계기는 작품의 마지막에 나타난다. 마치 에피퍼니(epiphany)의 경우처럼 넬은 삶의 진실을 발견하게 되는데, 그것은 오랫동안 그녀를 옥죄었던 회색 공(gray ball)의 소멸이다. 회색 공은 남편 주드와 술라가 섹스를 한 이후 그녀의 어깨 너머에 존재하던 더럽고 진흙투성이의 공으로 보기 싫어도 나타났던 것으로, 넬은 여름 내내 그녀의 주위를 맴도는 회색 공에 시달리는데 술라와 화해할 때 "털로 뭉쳐진 부드러운 공이 터져서 마치 미풍속의 민들레 씨앗처럼 흩어졌다"(174).

모리슨은 이 소설에서 단순하게 술라와 넬의 사랑과 우정 그리고 배신만을 다루는데 머무르지 않고 더 큰 메시지를 포함한다. 그것은 미국 역사 속에 흑인의 역동적인 삶과 희생이다. 장별 제목이 연도로 되어 있는 점은 작가가 미국 역사와 사회 그리고 개인과 공동체의 변모과정에 관심이 많이 있음을 볼 수 있다. 모리슨은 쉐드랙과 플럼이 겪는 외상 후 스트레스 장애(Post-Traumatic Stress Disorder)를 통해 전쟁의 참상을 고발할 뿐만 아니라 국가를 위해 목숨을 바친 흑인의 삶이 귀국 후 보상이 되지 않는 현실을 비판한다. 에바는 플럼이 고통 속에 마약을 하고 힘들어 하는 것을 보며 언젠가 아들이 다시 그녀의 자궁에 들어오려고 할지 모른다고 생각하여 그럴 바에야 남자답게 죽는 것이 낫다고 여기며 불태워 죽인다. 이러한 에바의 행동은 위험한 사랑의 표현이지만 한편으로는 전혀 이해하기 힘든 것은 아닐 것이다.

1941년 마을 사람들이 쉐드랙과 함께 국가자살일을 기념하여 행진한다. 이는 처음에는 축제처럼 보였지만 갑자기 터널이 무너져서 마을 사람들이 죽게 된다. 정신병원에서 자신의 손이 자라난다는 환상을 경험한 쉐드랙은 마치 버지니아 울프의 『댈러웨이 부인(Mrs. Dalloway)』에서 1차 대전 참전용사 셉티무스 워렌 스미스(Septimus Warren Smith)를 떠올리게 한다. 울프가 『델러웨이 부인』에서 터널 공법 효과(tunneling process)를 통해 죽음을 생각한 델러웨이 부인과 자살을 감행하는 셉티무스 워렌 스미스를 연결하듯이 『술라』에서도 모리슨이 비슷한 특성을 가진 술라와 쉐드랙을 연결하기 때문이다. 치킨 리틀을 빠져 죽게 한 후 술라는 쉐드랙 집에 잠시 머무는데, 쉐드랙은 술라에게 "언제나"(always)라는 말을 하며 그녀를 안

심시키고 둘 사이에 서로 암묵적으로 통하는 것이 있음을 보여준다. 두 사람에게는 성격이 독특하고 관습에서 벗어나는 행동을 일삼는 공통점이 발견된다.

모리슨은 바닥촌 마을의 흑인이야기를 통해 백인에 의해 이용당하고 착취당하는 흑인의 비참한 처지를 보여준다. 흑인의 바닥촌 마을은 나중에 백인들을 위한 골프장으로 전환되고 흑인들은 또다시 그곳에서 쫓겨나는 신세가 된다. "1965"장에서 넬은 바닥촌이 다시 백인 부자들이 사는 곳으로 바뀌고 바닥촌 흑인들은 뿔뿔이 흩어져서 메달리온으로 이주했음을 보여주고 있다. 모리슨은 또한 작품 마지막에 터널 공사 때 물에 쓸려간 흑인들을 통해 흑인의 상처를 드러낸다. 바닥촌 마을의 흑인 농부가 백인에게 속았듯이 마을 흑인도 터널 공사에 흑인을 고용하리라 기대했으나 또 다시 속은 것이다. 흑인의 처지는 백인의 공언과는 다르게 항상 피해자로 나타난다.

술라는 어떤 면에서는 페미니스트라고 볼 수 있는데 바바라 스미스(Barbara Smith)와 같은 흑인 여성 비평가는 「흑인 페미니즘을 향하여」라는 논문에서 술라와 넬의 관계를 동성애 관계로 파악하여 흑인 여성의 연대를 강조하기도 했다. 스미스의 주장은 그만큼 당시 흑인 여성들이 페미니즘 운동에서 소외되었음을 보여준다. 물론 『술라』를 레즈비언 소설로 단정할 수는 없지만 흑인 페미니즘의 관점에서는 그렇게 볼 수도 있을 것이다. 동성애적 해석은 가령 넬이 어릴 때 수동적으로 "열정적 왕자"(51) 상상하고, 술라는 능동적으로 "회백색의 말"(52) 위에서 왕자처럼 말을 타는 꿈을 꾸었다는 점을 고려해 보면 가능할 수도 있다. 또 술라와 넬은 어릴 때 잔디를 깊이 파서 구멍을 낸 후 서로 연결시키는 놀이를 하면서 손의 접촉으로 친밀함과 연대감을 높인 적도 있다. 뿐만 아니라 네 명의 백인소년들이 넬을 괴롭힐 때 술라가 자신의 손가락을 잘라 위협하며 넬을 보호해 준 적도 있다. 술라의 이와 같은 행동은 남자와 같은 돌발적 행동으로 당시의 보편적인 사회적 규범을 파괴한다. 그런 점에서 『술라』는 흑인여성의 지위 향상에 기여하고 있다. 하지만 술라와 넬의 관계는 엄밀하게 말하면 레즈비언 관계라기보다는 이브 코소프스키 세지윅(Eve Kosofsky Sedgwick)이 주장한 동성사회적(homosocial) 관계라고 할 수 있다. 왜냐하면 둘의 관계는 앨리스 워커의 『컬러 퍼플(Color Purple)』에 등장하는 두 자매 실리(Celie)와 네티(Nettie)의 관계처럼 성적 이끌림보다는 자매애, 우정, 연대감이 더 강하게 나타나기 때문이다.

『술라』에 나타난 또 다른 중요한 주제는 선과 악의 문제, 즉 선과 악의 경계의 모호함이다. 술라는 상상력이 풍부하고, 실험적이고, 도발적인 반면, 넬은 보수적이고 규범적이고, 구속적이다. 이러한 두 사람의 대조적인 성격에서 서로 좋은 점을 보완하면 완벽한 여자가 될 것이다. 20년 동안 남편과 술라 없이 세 명의 아이를 키우며 살던 넬이 요양원에 있는 에바를 찾아갔을 때 에바가 치킨 리틀을 죽인 것을 보았다고 하자 넬은 자신이 하지 않았고 술라가 한 것이라고 부인한다.

> "네가 어떻게 그 아이를 죽였는지 말해 봐."
> "뭐라고요? 무슨 아이 말이에요?"
> "네가 강물 속에 던졌던 그 아이 말이야…"
> "저는 어떤 아이도 강물 속에 던지지 않았어요. 그것은 술라였어요."
> "너. 술라. 무슨 차이가 있지? 넌 그곳에 있었지. 넌 보았지 않니?"(168)

술라와 넬의 차이를 모르겠다고 하며 둘의 경계가 모호하다는 에바의 말을 듣고 당황한 넬은 충격을 받고 자신을 다시 돌아보게 된다. 왜냐하면 자신도 죄의식이 있음에도 불구하고 사실은 치킨 리틀이 술라의 손을 떠나 날아갈 때 쾌감을 느꼈음을 알고 있기 때문이다. 이는 술라가 자신의 엄마 한나가 불에 탈 때 구하지 않고 즐거움을 느꼈다는 말과 별 차이가 없는 말이다. 즉, 모리슨은 술라와 넬이 성격과 행동에서 대조적인 면이 많지만 비슷한 점도 있음을 보여준다. 넬은 에바를 만나고 집에 가는 길에 쉐드랙을 만나는데 그때 그녀는 술라의 존재를 느끼게 하는 바람을 접한다. 그때 비로소 처음으로 넬은 남편 그린의 부재보다 술라의 부재를 더 아쉬워한다. 술라와 넬이 잔디 풀 놀이를 할 때 서로의 손이 터널과 같은 구멍 속에서 만난 것처럼 세월이 흐른 후 두 사람 사이에 보이지 않는 가교가 생겨서 존재에 대한 새로운 이해가 생겨난 셈이다. 그런 후 넬은 술라의 묘지에서 술라의 죽음에 대해 상심하며, "오 주여. 술라… 계집애, 계집애, 계집애계집애계집애"(174)라고 소리친다.

술라가 마을사람들에게 악의 화신으로 간주되지만 그녀의 출현은 마을의 가정을 지켜주고 마을사람들을 결속시키는 계기가 된다. 예를 들어 티팟(Teapot)의 엄마는 예전에는 자식에 대해서 무관심 했는데 술라 때문에 자식에 대해서 더 관심을 가지게 된다. 또한 핀리 씨(Mr. Finley)가 닭고기를 먹다가 뼈가 목에 걸려 죽은 것도 술라를 쳐다보다가 그렇게 되어서 술라 때문이라고 여긴다. 뿐만 아니라 술라가 백인 남자들과 관계를 가지며 다니자 흑인들이 더 결속하는 계기가 되고 흑인 부인들은 자신의 남편에게 더 잘해주게 된다. 그러나 술라가 죽고 난 후 마을은 다시 이전처럼 돌아가는 아이러니를 보여준다. 티팟의 엄마는 자신이 만든 음식을 먹지 않는다고 티팟에게 폭행을 가하고, 마을 여자들은 남편을 소홀히 한다. 또한 마을에 터널 공사가 생겨 일자리가 많이 생긴다고 기대하지만 마을에는 서리가 내리고 가축과 곡식에 많은 피해가 생긴다. 바닥촌 사람들은 술라가 죽은 것에 대해서 기뻐했지만 그녀의 죽음은 역설적으로 바닥촌 마을의 죽음을 가져오게 한다. 이와 같이 술라는 흑인 공동체에 해를 입히는 존재이기도 하지만 그녀의 과도한 행동이 흑인 공동체를 결속시키기도

하는 이중적 역할을 하고 있음을 알 수 있다. 이는 "1940"장
에서 술라가 죽어가면서 넬과 하는 다음의 대화를 보면 술라
에 대해서 새롭게 이해 할 수 있다.

> "네가 어떻게 아는데?" 술라가 물었다.
> "뭘 안다는 거니?" 넬은 여전히 그녀를 보려고 하지 않
> 았다.
> "누가 좋은 사람이라는 거 말이야. 어떻게 좋은 사람이
> 너라고 생각하니?"
> "무슨 뜻이야?"
> "내말은 좋은 사람은 네가 아닐 수도 있다는 거야. 아
> 마 나였을지도 몰라."(146)

그러므로 모리슨은 술라의 행동과 사고가 흑인 공동체에
미치는 영향을 보여줌으로써 선과 악의 구분이 어떤 경우에
는 매우 자의적이며, 어렵다는 것을 보여준다. 즉, 상황에 따
라서는 선이 악이 될 수도 있고, 반대로 악이 선이 될 수 있
다는 것이다.

또한 에바가 전쟁 후유증으로 고통받는 아들 플럼을 불에
태워 죽이는 것도 선과 악의 문제로 바라볼 수 있다. 가장 사
랑하는 자식인 플럼을 죽이는 것이 사랑의 발로인가? 아니면
이기심 때문에 야기된 살인과 같은 것인가를 생각해 볼 때 선
과 악의 경계가 모호함을 알 수 있다. 가난하고 못생긴 딸에

게 연민과 동정이 생겨 술에 취해 딸을 성폭행한 『가장 푸른 눈』의 촐리, 그리고 두 살배기 딸을 자신처럼 노예로 살게 하지 않기 위해 죽인 『빌러비드』의 세스처럼, 아들을 고통에서 해방시키기 위해 죽인 에바의 행위를 어떻게 판단해야 할지에 대해서 모리슨은 독자에게 질문을 던지고 있다.

생각해 볼 문제

1) 대가족 에바의 집에는 딸과 손녀, 아들 외에도 데리고 있는 인물들(세 명의 듀이, 백인인 타르 베이비)이 많다. 에바가 이들을 데리고 사는 이유는 무엇인가?

2) 『술라』의 제사는 테네시 윌리엄즈(Tennessee Williams)의 희곡 『장미 문신(The Rose Tattoo)』의 대사를 사용하고 있다. 엄마와 딸과의 긴장관계를 다루는 윌리엄즈의 희곡이 『술라』와 어떻게 관련을 맺고 있는지 생각해 보라. 예를 들어 술라의 엄마 한나가 동네여자와의 대화에서 술라를 사랑하긴 하지만 좋아하지 않는다고 말했는데 이 말의 의미에 대해서 생각해 보라.

3) 쉐드랙은 술라에게 "언제나"라는 모호한 말을 하는데, 쉐드랙은 어떤 의미로 이 말을 사용하였고, 술라는 어떤

의미로 이 말을 받아들이고 있는가?

4) 소설의 앞부분에서 모리슨이 흑인의 농담(nigger joke)이라
고 말하며 백인에 의해서 비옥한 땅을 빼앗긴 흑인 이야
기를 하는 이유는 무엇인가?

5) 술라는 에바 할머니에게 대들고 할머니를 요양원에 넣는
다. 또한 그녀는 친구 남편과 잠자리를 한 후 죄의식도
보이지 않는다. 과연 술라는 악의 화신인가?

『러브』

2003년에 출판된 모리슨의 여덟 번째 소설 『러브』는 "아델
리아(Ardelia)를 위하여"라는 헌사를 붙이고 있는데, 아델리아
는 모리슨의 외할머니 아델리아 윌리스(Ardelia Willis)를 지칭한
다. 앞서 출판된 『파라다이스』보다는 분량이 짧고 가벼운 내
용을 담고 있지만 흑인 공동체의 복잡한 양상들을 다루고 있
다. 시간적 배경은 1990년대에서 과거로 돌아가며, 공간적 배
경은 미국 동부 어느 해안가에 위치한 마을이다. 『러브』는 『파
라다이스』에서 흑인 선조들이 흑인 중심의 공동체를 꿈꾸었
던 것처럼 흑인들이 주요 고객이 되어 자유롭게 여가를 보내

는 흑인 호텔을 배경으로 하는 것이 특징이다.

『러브』는 『술라』와 유사하게 흑인여성의 우정과 사랑 그리고 배신을 다루는데, 흑인 부자 빌 코지(Bill Cosey)의 손녀딸이며 피부색이 옅은(light-skinned) 크리스틴(Christine)과 가난한 흑인 가정 출신이며 피부색이 검은(dark-skinned) 히드(Heed the Night Johnson)의 우정, 질투, 재회, 미련 등이 그려진다. 부자 흑인의 삶을 다룬다는 점에서 『솔로몬의 노래』의 메이컨 데드 2세를 떠올리게 하는 『러브』는 돈과 권력을 가진 한 흑인 부자를 바라보는 흑인 공동체의 여러 시선을 엿볼 수 있다.

에필로그를 제외하고 모두 9장으로 구성된 이 소설은 각 장이 초상화, 친구, 이방인, 은인, 연인, 남편, 수호자, 아버지, 유령으로 구성되어 있다. 1장 "초상화"에서는 히드와 크리스틴이 사는 모나크 1번지(One Monarch Street)에 정착지(Settlement) 출신의 가난한 젊은 여자 주니어 비비안(Junior Viviane)이 일자리를 구하러 찾아온다. 주니어는 집에 걸려있는 코지의 초상화를 보고 그녀의 가족으로부터 발견하지 못했던 친근함을 느낀다. 2장 "친구"에서는 코지와 52세나 어린 하인 샌들러(Sandler)와의 우정이 그려진다. 또한 샌들러의 손자 로멘(Romen)이 친구들과 집단 성폭행에 연루되었다가 빠져나오는 것이 묘사된다. 3장 "이방인"에서는 주니어가 소년원에 가게 된 배경과 50년 동안 코지의 요리사로 코지 집안에 대해서 잘 아는 화자 L의 이야기가 이탤릭체로 그려진다. 4장 "은인"에서는 크리스틴이 히드의 집에 들어가서 살게 된 후 서로 정신적, 육체적으로 대결하는 모습과 크리스틴과 메이(May)의 과거의 삶이 묘사된다. 그리고 L이 코지와 아들 빌리 보이(Billy Boy)와 며느리 메이와의 관계, 그리고 히드와의 결혼이야기를 이탤릭체로 설명한다. 5장 "연인"에서는 주니어가 히드와 크리스틴 사이에서 자신이 유산을 차지할 수 있다고 생각한다. 또한 주니어가 자신을 성폭행하려던 소년원의 행정관을 죽이게 된 사연이 소개된다. 6장 "남편"에서는 코지가 히드를 두 번째 부인으로 맞이하는 과정과 코지의 며느리 메이의 힘든 삶이 L의 이탤릭체 설명으로 그려진다. 7장 "수호자"에서는 로멘과 주니어가 연인관계라는 것을 알게 된 샌들러가 손자에게 여자의 존재에 대해서 조언을 해준다. 주니어는 코지의 초상화를 보고 자신의 수호자라 생각한다. 8장 "아버지"에서는 크리스틴이 집에서 쫓겨나서 유랑생활을 하며, 어니 홀더(Ernie Holder), 프룻(Fruit), 닥터 리오(Dr. Rio) 등의 남자를 만나 고생하는 내용이 다루어진다. 또한 크리스틴이 유언장을 위조하기 위해 오래된 리조트 호텔 다락방에 갔다가 주니어와 함께 있는 히드와 만나는 장면이 묘사된다. 9장 "유령"에서는 히드와 크리스틴이 유령이 되어 서로 지난 이야기 ─ L이 요리하다가 죽은 이야기, 어릴 때 둘이서 놀던 이야기, 할아버지가 크리스틴 방에서 자위행위를 하여 충격을 받은 이야기 등 ─ 를 나눈다. 두 사람이 유언장 때문에 싸우다가 결국 한 명이 죽어가며 우정과 사랑을 회복하는 이야기가 다루어진다.

마지막에 L은 이탤릭체로 된 설명을 통해 그녀가 크리스틴과 히드의 결합을 위해 코지를 독약으로 죽이고 유언장을 위조했다고 털어놓는다.

소설의 시작은 코지가 죽은 지 한참이 지나서이다. 코지의 모습도 바라보는 사람에 따라서 다르게 해석되고 그가 죽은 원인도 자살인지 자연사인지 밝혀지지 않는다. 소설 시작 부분에서 독자는 산전수전 다 겪은 크리스틴이 히드의 집에 들어와 요리사, 청소부 역할을 하며 함께 산 지 20년이 되었음을 알 수 있다. 부잣집 손녀딸이 가난뱅이 흑인 친구의 요리사로 인생이 역전이 된 것이다. 이때 광고를 보고 주니어가 찾아오는데, 그녀는 소년원에서 출소한지 얼마 되지 않은 가난한 "90년대 여인"이다. 주니어는 코지의 정부 실레스티얼(Celestial)을 떠올리게 한다.

코지는 1930년대 대공황이 시작되어 경기가 좋지 않은 틈을 타 어떤 백인으로부터 망해가는 해변가 리조트 호텔을 구입하여 부자가 된다. 호텔은 흑인 손님이 많아 영업이 잘된다. 코지는 다른 인물들에 의해 친구, 은인, 아버지 등 여러 모습으로 인식되고 평가되고 묘사되는데, 이는 마치 여러 인물들이 토마스 섯펜(Thomas Sutpen)에 대해서 묘사하는 윌리엄 포크너의 『압살롬, 압살롬!(*Absalom, Absalom!*)』의 서술기법을 연상하게 한다. 코지는 동네 흑인들에게 일자리를 마련해 주는 등 좋은 일로 인해 동네 사람들의 존경을 받는다 : "돈이 없어서 장례식을 못하는 가족이 있으면, 코지 씨가 장의사와 조용히 이야기를 했어. 치안 판사와의 우정 덕분에 수많은 아들들이 수갑을 벗고 나올 수 있었고 오랜 세월, 그리고 아무 말도 없이 어느 중풍 환자의 의료비를 내주고 손녀딸의 대학 학비를 대주었어"(165).[3] 그러나 그에게는 흑인의 등을 쳐서 부자가 된 불명예스런 아버지의 잔영이 남아있다. 아버지 다니엘 로버트 코지(Daniel Robert Cosey)는 백인들에게 대니 보이라고도 불리었는데 흑인들을 염탐하여 백인 경찰에 밀고하는 일을 하였다. 아버지로부터 거금 십일만 사천 달러를 물려받은 코지는 이 돈을 흑인들을 위해 사용하였다. 코지는 자신의 아버지와 사이가 좋지 않았지만 자신의 아들 빌리에게는 잘 대해주었다. 그러나 부자인 만큼 코지는 호화로운 유람선을 가지고 파티를 열며 개인 요리사를 두고 정부를 거느리는 등 여성편력이 심했다. 특히 코지는 그의 아버지와 다르게 산다고 하면서 지역 백인 사업자와 정치가들과 관련을 맺고 있었다.

사건의 발단은 52세인 코지가 상식에도 어긋나게 11살짜리 손녀딸 친구와 결혼을 선언하여 남편이 죽은 후 시아버지의 호텔을 위해 열심히 살아온 며느리 메이를 실망시키고 손녀딸 크리스틴을 떠나게 만드는 것이다. 원래 크리스틴과 히드는 계급적으로는 큰 차이가 있지만 우정과 사랑으로 맺어진

---

[3] 이하 『러브』의 번역과 쪽수는 김선형의 역서를 참조하였음.

사이였다. 코지는 1942년 히드를 거의 물건 사듯이 하여 결혼하는데, 코지는 히드의 엄마에게 200불과 지갑을 선물로 주었다. 나이 차이가 너무 심하게 나서 도덕적으로도 문제가 있어 보이는 이 일에 대해서 동네 주민들은 아무런 문제를 삼지 않았다. 졸지에 히드와 크리스틴은 친구 관계에서 할머니와 손녀의 관계가 되었고, 크리스틴의 엄마 메이는 크리스틴을 메이플 밸리(Maple Valley)라는 기숙학교에 보냈다. 집에서 쫓겨나다시피 한 크리스틴은 유럽과 미국을 떠돌며 고생한다. 결혼했다가 이혼한 크리스틴은 나중에 20살이나 많은 닥터 리오와 결혼하는데, 이는 마치 친구 히드가 자신의 할아버지와 결혼한 것을 연상시킨다.

히드와 크리스틴은 엄마가 있지만 별로 좋은 영향을 받지 못해 고아와 같은 삶을 산다. 돈과 핸드백을 받고 딸을 팔아넘기는 히드의 엄마는 『자비』에서 인간적인 백인 노예주에게 딸을 넘기는 엄마를 연상시키기도 하지만, 『자비』에서는 미나매가 딸을 사랑해서 내린 결정이라고 여겨지는 반면에 히드의 엄마는 무책임한 엄마로 묘사된다. 크리스틴의 엄마 역시 남편 빌리가 죽은 후 호텔의 매니저 역할을 하며 코지와 호텔의 발전을 위해 헌신하였다. 하지만 시아버지가 딸의 친구와 결혼하자 실망하고 딸을 멀리 보내버린다. 이것은 딸의 미래를 염려하는 것처럼 보이지만 딸의 미래를 망치게 하는 결과를 초래한다.

　　독자는 52세의 아쉬울 것 없는 빌 코지가 왜 하필이면 가난한 손녀딸의 친구인 아이와 살림을 차리게 되었는지에 대해서 궁금해 할 것이다. 코지는 여성 편력이 다양하지만 그는 그의 첫째 부인 줄리아(Julia)에게만 애정을 느꼈다. 그러나 "그가 그토록 사랑했던 첫 번째 아내는 그의 관심을 지겹다고 여겼으며, 그의 욕구를 가학이라고 생각했다"(174). 부인과 헤어진 후 그는 실레스티얼을 포함한 여러 여성들을 경험하였다. 하지만 그가 유독 11살의 어린 흑인 소녀를 둘째 부인으로 삼게 되었는가는 이해하기 어렵다. 이는 첫째, 코지를 소아성애 환자로 어린애에게 성적 환상을 가진 사람으로 볼 수 있다. 둘째, 코지가 어릴 때 그의 아버지가 흑인들에게 무자비하게 대해서 죄의식으로 인해 흑인 아이를 구제해 주고 싶은 생각이 있었다. 하지만 코지는 결혼 후 히드의 엉덩이를 때리는 등 아이처럼 다루기만 하고 히드에게 성적으로 다가가지 않는다. 또한 흑인을 배신한 아버지의 과오를 갚기 위해 흑인 아이와 결혼했다는 것도 결혼 후 코지의 지속적인 흑인지위 향상의 사례가 없기 때문에 설득력이 부족하다.

　　코지가 죽고 크리스틴은 떠돌다가 몸이 아픈 엄마를 간호하러 집에 돌아온다. 메이가 죽자 크리스틴은 이제 관절염으로 고생하는 히드를 돌본다. 그들은 코지가 남긴 유언장을 두고 싸운다. 유언장에는 "귀여운 코지 아이에게" 재산 대부분을 남긴다고 되어 있다. 크리스틴과 히드는 유언장의 문장을 자신에게 유리하게 해석을 하여 코지 아이가 자신이라고 생각한다. 크리스틴은 변호사를 고용하고, 히드는 메뉴에 새 유언장을 위조하려 한다. 히드가 고용한 주니어는 폐허가 된 호텔에서 히드가 유언장을 위조하는 것을 알고 자신도 돈을 벌 목적으로 양탄자를 잡아 당겨 히드를 다락에서 굴러 떨어지게 만든다. 히드와 크리스틴이 위험에 처해 있다는 소식을 들은 로멘이 이 둘을 구하러 오지만 둘 중 한 명이 죽어있다. 크리스틴과 히드는 다음과 같이 대화한다.

> 너하고 같이 있고 싶었어. 그 사람하고 결혼하면 그렇게 되는 줄 알았지.
> 네 신혼여행에 따라가고 싶었어.
> 그랬으면 좋았을 걸.
> 섹스는 어땠어?
> 그때는 재밌는 놀이 같았어. 근데 뭐라 말할 수가 없네. 비교할 기준이 있어야 말이지.
> —
> 그 사람이 내 어린 시절을 다 빼앗아버렸어.
> 그 사람이 나한테서 너를 전부 빼앗아갔어.
> 하늘. 생각나니? 해가 질 때 하늘?
> 모래. 연한 하늘색으로 변하곤 했지.
> 별들도. 처음엔 그냥 몇 개가 나오지.
> 그러다가 너무 많아져서 빌어먹을 세상을 다 환하게

밝혔어.

예뻐. 너무너무 예뻐.

사랑해. 정말. 사랑해.(297-98)

하지만 모리슨은 죽은 사람이 누구인지 정확하게 알려주지 않는다. 죽은 사람이 누구인지 알려주는 것보다 죽어가면서 크리스틴과 히드가 빌 코지의 본질을 인식하고 진정으로 자신들의 우정관계를 새롭게 인식하고 화해했다는 점이 더 중요하다고 하겠다. 이 화해를 유도한 사람은 바로 L인 것이다.

『술라』에서 넬이 술라가 죽은 후 남편 주드보다 나중에 술라가 더 소중한 사람이라고 인식했듯이,『러브』에서도 크리스틴과 히드 서로서로가 자신들의 남편들보다 더 소중한 존재라는 것을 확인한다.『술라』에서 넬은 술라가 죽고 난 후, 그리고 에바가 치킨 리틀 이야기를 꺼내며 그녀와 술라가 모두 책임이 있다는 말을 듣고 난 후 친구의 소중함을 인식했다. 마찬가지로『러브』에서 크리스틴과 히드는 코지에 의해서 운명이 바뀐 후 다시 만났을 때 서로 화해하고 잘 지낼 수 있었지만 돈을 차지하려고 유언장을 위조하러 호텔에 갔다가 싸우던 중 한 명이 죽고 나서야 상대방의 가치를 인식한 것이다.

코지의 요리사이자 화자이기기도 한 L은 코지가 남긴 유언장이 정부 실레스티얼에게 많은 재산이 가는 것을 알고 유언장을 위조한다. L은 자신이 크리스틴과 히드를 연결시키기 위

해 코지를 죽이고 유언장을 작성했다고 작품 마지막에 다음
과 같이 털어놓는다.

"그가 믿던 바가 진실이든 아니든, 나는 그 사람이
제 식구들을 거리로 내모는 꼴을 두고 볼 수는 없었어.
메이는 예순한 살이었는데, 그 여자가 뭘 할 수 있겠
어? 노년을 정신병원에서 보내야 하나? 마흔한 살이
다 되어가는 히드는 트루먼 집권기 이후로 말도 한마
디 쉬지 않은 가족에게 돌아가야 하나? 그리고 크리스
틴은? 뭘 하고 있는지 몰라도 오래가지 못할 게 틀림
없었지. 해결책은 딱 하나밖에 없었어. 디기탈리스 독
은 효과가 빠르고, 잘 쓰기만 하면 고통이 오래가지도
않거든. 이미 망령이 들어 제정신이 아닌데, 여든한 살
에 앞으로 좋아질 리도 없었고 배짱이 두둑해야 했지.
장의사가 문을 두들기기 오래전에, 나는 그 사악한 물
건을 찢어버렸어. 내 메뉴는 자기 역할을 다했어. 그들
로 하여금 서로 연결되어 살 이유를 주었으니까.(308)

크리스튼과 히드는 어릴 적에 자신들만의 비밀언어 "이다
게이"(idagay)를 주고받고, 또 자신들의 비밀 놀이 공간인 "실
레스티얼 팰리스"(Celestial Palace)를 만들어 놓고 놀았다. "L이
그녀는 크리스틴 것이고 크리스틴은 그녀의 것"(105)이라고 할
정도로 둘의 관계는 돈독했다. 마치 『술라』의 넬과 술라가 성

격과 집안이 달라도 친밀한 관계였듯이, 계급이 다르고 피부색이 달라도, 또 아무리 메이가 히드를 싫어해도 크리스틴과 히드 친구가 되었다.

> 아이들은 그렇게 서로에게 빠져들어. 그 자리에서, 소개도 없이 … 그들의 자리는 아이가 처음 선택한 사랑에 비하면 부차적인 것이야. 그런 아이들은 자신의 성별도 알기도 전에, 누가 잘 먹고 누가 굶주리는지, 유색인인지 아닌지 알기도 전에, 친족과 이방인을 구별하기도 전에 앞으로 죽어도 포기할 수 없는 투항과 반란의 조합을 찾아내는 거지. 히드와 크리스틴이 그랬어.(305)

하지만 코지는 그 두 소녀를 성적으로 학대하고 우정을 파괴한다. 히드와 크리스틴은 해변에 소풍을 갔는데 코지가 히드의 이름을 물으며 아직 자라지도 봉긋하지도 않은 히드의 젖꼭지를 만진다. 어리지만 너무 당황한 히드는 크리스틴에게 말하러 간다. 그런데 히드는 크리스틴이 그녀의 수영복에 토하는 것을 보게 된다. 왜냐하면 크리스틴은 코지가 자신의 방에서 자위행위를 하는 것을 보고 충격을 받았기 때문이다. 이와 같은 소녀들의 우정도 코지의 우발적이고도 이기적인 행동 때문에 무너진다. 그 후 코지는 히드를 돈으로 사다시피하여 결혼을 하는데, 이 결혼은 손녀딸과의 근친상간을 손녀

딸의 친구로 대체한 것이다. 코지는 손녀딸을 기숙학교로 떠나보내고 두 친구를 갈라서게 한다.

모리슨은 코지의 소아성애만 비판하는 것이 아니라 코지의 소아성애를 암묵적으로 인정하는 흑인 사회도 비판한다. 흑인 공동체에서 코지의 존재는 일종의 신화였다. 그러나 아무리 흑인 마을에서 일자리를 만들어주어 존경의 대상이 된다고 하더라도 지나친 소아성애를 일삼는 코지는 비판 받아 마땅하다. 그래서 나중에 크리스틴과 히드는 "그는 모든 곳에 있어. 그리고 어디에도 없어. 우리가 그를 만들었어. 그가 그를 만들었어. 우리는 그를 도왔어야 했는데"(189)라고 말하며 코지에 의해서 희생양이 된 그들을 돌이켜본다.

『러브』에서 모리슨은 흑인 민권운동 단체가 여성을 성적 도구로 이용하는 것을 비판한다. 집을 떠나 떠도는 크리스틴은 첫 남편 어니 홀더와 헤어진 후 여덟 살 연하의 인권운동가 프룻과 9년을 함께 산다. 크리스틴은 흑인운동단체 대원과 일하며 보람도 느꼈으나 프룻이 빈번하게 외도를 하였을 뿐만 아니라 동료 흑인 대원이 자원봉사 여대생을 강간한 사건을 두둔하고 무마하는 것을 목격한 후 실망하고 그를 떠난다. 크리스틴은 프룻의 가부장적 모습이 마치 할아버지 코지의 행동과 다르지 않다고 생각한 것이다. 『러브』는 최근 2014년 말에 언론에 회자되었던 실제 인물인 미국 흑인 코미디언 빌 코즈비(Bill Cosby)의 여성 편력과 문제점을 연상시키는 소설로서 모리슨이 당시 소설을 쓸 때 빌 코즈비의 문제점을 염두에 두고 썼는지 궁금증을 불러일으키고 있다.

생각해 볼 문제

1) 히드의 부모는 히드를 코지의 바람대로 돈을 받고 팔아 넘긴다. 히드가 좋은 환경에서 살기를 바라는 마음일 수도 있지만 히드는 원치 않았을 것이다. 『자비』에서 딸의 미래를 위해서 어린 딸을 노예주에게 넘기는 미나 매의 심정과 비교해 보라.

2) 소설에서 화자는 L이다. L의 역할을 논해보고 『재즈』에서의 화자와 유사점과 차이점을 논하라.

3) 빌 코지, 샌들러, 로멘이 보여주는 여성관이 서로 다르게 나타난다. 어떻게 다른지 설명하라.

4) 빌 코지와 빌 코지의 아버지 다니엘 로버트 코지(Daniel Robert Cosey)를 비교하라.

5) 어떤 비평가는 빌 코지와 흑인 코미디언 빌 코즈비(Bill Cosby)를 비교하기도 하였다. 최근 미국 방송에서는 미국

의 아버지 이미지로 알려진 빌 코즈비가 1970-80년대에 20명이 넘는 연예인 지망 여성들을 약을 타서 먹이고 성추행했다는 증언을 보여주기도 하였다. 빌 코지와 빌 코즈비의 여성 편력을 비교하고 비판해 보라.

흑인의 뿌리 찾기와 음악의 의미
『솔로몬의 노래』와 『재즈』

두 작품은 제목에서 음악적 요소가 스며들어 있음을 짐작하게 한다. 왜냐하면 『솔로몬의 노래』는 구약성경 아가(Song of Songs)를 배경으로 하고, 『재즈』는 대표적 흑인음악을 상징하기 때문이다. 그러나 두 작품은 다루는 내용에서 차이를 보여주는데, 『솔로몬의 노래』는 부자 흑인의 아들이 자신의 뿌리를 찾은 후 비상하는 모습을 보여주고, 『재즈』는 뉴욕 할렘에 사는 50대 흑인 부부의 갈등과 화해라는 내용을 담고 있다. 그러나 크게 보면 『솔로몬의 노래』는 주인공 밀크맨(Milkman)이 미시간에서 자신의 뿌리를 찾기 위해 펜실베니아, 버지니아로 여정을 떠나는 과정을 담고 있고, 『재즈』는 주인공 부부조 트레이스(Joe Trace)와 바이올렛(Violet)의 갈등과 결핍의 원인을 찾기 위해 남부 버지니아에 살았던 부모의 삶을 추적하고 있다는 점에서 뿌리 찾기라는 뚜렷한 공통점이 있다. 또한 두 소설은 노예제도의 잔재와 상흔이 후손들에게 영향을 미치고 있음을 보여준다.『솔로몬의 노래』에서는 밀크맨의 증조 할아버지 솔로몬이 비상(flight)함으로써 노예제도 하의 후손들에게 영향을 미친다. 한편,『재즈』에서는 바이올렛의 할머니 트루 벨(True Bell)이 노예로서 백인 주인의 딸을 돌봐주기 위해 볼티모어로 떠난 후 남아있는 가족들에게 부정적 영향을 미치고 있음을 보여준다. 이러한 흑인들의 뿌리 찾기는 블루스와 재즈와 같은 흑인 음악이 작품 속에 어우러져 흑인 음악을 강조하는 모리슨 문학의 특징을 더 생생하게 보여준다.

『솔로몬의 노래』

『가장 푸른 눈』과『술라』의 주인공이 여자였다면 모리슨의 세 번째 소설『솔로몬의 노래』의 주인공은 남자이다. 모리슨은 이전 소설에서 오하이오를 주로 배경으로 다루었지만『솔로몬의 노래』에서는 주인공이 자신의 뿌리를 찾기 위해서 미시간을 떠나 펜실베니아와 버지니아로 여행을 떠난다. 모리슨은 이 소설을 아버지(Daddy)에게 바치는데, 그 이유는 이 소설을 쓰는 동안에 힘이 되어 주었던 아버지가 돌아가셨기 때문이다. 이전 두 소설보다 훨씬 복잡한 내용을 담고 있을 뿐만 아니라, 흑인민속, 흑인음악 등을 통해 흑인의 신화를 새롭게 만들어 나가는 『솔로몬의 노래』는 모리슨에게 전미비평가 상을 포함한 많은 상과 찬사를 안겨 주었다. 그러므로 모리슨이 작가로서 명실상부한 유명세를 타게 된 것은 『솔로몬의 노래』를 발표한 후라고 해도 과언이 아니다.

『솔로몬의 노래』는 2부로 구성되어 있는데, 1부는 1장에서 9장까지로 밀크맨이 미시간에서 보내는 생활을 다룬다. 반면, 10장부터 15장까지인 2부에서는 밀크맨이 본격적으로 자신의 정체성과 가족의 뿌리를 찾아서 펜실베니아와 버지니아의 여러 도시를 누비는 여정을 다룬다. 『솔로몬의 노래』의 시간적 배경은 1931년부터 1963년까지이며, 이때는 대공황 직후부터 민권운동 시작 전까지이기도 하다. 모리슨은 대부분의 작품에서 제사(epigraph)를 문학작품에서 인용하는 경향이 있는데, 『솔로몬의 노래』에서는 "아버지들은 비상하고/아이들은 그들의 이름을 알지어다."라고 쓰고 있다. 남자 선조의 위대함을 강조하고 흑인 남성의 가치에 의미를 둔다는 점에서 이전 소설들과 차이점을 보인다.

그리스 신화와 아프리카 민담을 인유하는 이 소설은 미시건주에서 보험회사 직원이자 세븐 데이즈(Seven Days)라는 흑인단체의 일원인 로버트 스미스(Robert Smith) 씨가 몸을 던져 비상하는 장면으로 시작한다. 바로 그날 주인공 밀크맨 데드(Milkman Dead)가 흑인들은 이용할 수 없는 비자선 병원(No Mercy

Hospital)에서 탄생하는데, 그의 출생은 신화의 주인공처럼 영웅적으로 묘사된다. 스미스 씨의 비상은 작품 마지막에 밀크맨이 비상하는 것과 순환적 구조를 이루며 죽음과 탄생의 연결고리를 생각하게 한다.

흑인 상류계층 출신인 밀크맨의 아버지는 메이컨 데드 2세(Macon Dead Jr.)이고 엄마는 흑인 의사의 딸인 루스(Ruth)이다. 그리고 밀크맨에게는 누나가 두 명 있는데, 그들의 이름은 레나라 불리는 막달렌(Magdalene called Lena)과 퍼스트 코린시언즈(First Corinthians)이다. 밀크맨의 가족은 지역에서 매우 부유한 집안에 속하지만 황금만능주의를 추구하는 아버지로 인해 동네 사람들로부터 좋은 평가를 받지 못하고 있으며 가족 간에 사랑도 없다.

밀크맨은 어릴 때 총기가 있어 보였는데 네 살이 되어서 자신이 날 수 없다는 사실을 깨닫고 삶에 흥미를 느끼지 못하게 된다. 인생에 대한 진지함이나 목표의식이 없는 밀크맨은 아버지 사업을 도우며 세월을 보내고 있다. 아버지가 재산이 최고 중요하다며 돈벌이에 대해서 훈시를 할 때마다 밀크맨은 아버지에 대한 반감을 증폭시켜 아버지가 하는 행동을 거꾸로 한다.

밀크맨의 아버지가 돈에 집착한 이유는 밀크맨의 할아버지인 메이컨 데드(Macon Dead)가 펜실베니아의 댄빌(Danville) 마을에서 백인에게 땅을 빼앗기고 죽었기 때문이다. 그 후 메이컨 데드 2세는 백인에 대한 반감과 돈에 대한 집착이 깊어져 결혼도 사랑보다 돈 때문에 마을에서 유일한 흑인의사인 닥터 포스터(Dr. Forster)의 딸 루스와 하였다. 결혼 후 부인과의 관계도 소원한데 그 이유는 의사인 장인이 딸 루스의 출산에 손수 관여했기 때문이다.

아버지와 애정 없는 결혼생활을 하는 밀크맨의 엄마 루스는 닥터 포스터가 죽은 후 아들에게 관심을 쏟는다. 루스는 밀크맨이 다 자랐는데도 모유를 먹여서 그 장면이 관리인 프레디(Freddie)의 눈에 띄는 일까지 생기게 된다. 밀크맨이라는 이름은 아이가 아닌데도 엄마 젖을 물고 있어서 지어진 이름이기도 하다. 이런 엄마에 대해서 밀크맨의 아버지는 밀크맨에게 루스가 자신의 아버지를 잊지 못하여 과도한 애정을 보이고 있다고 아들에게 말한다. 진실을 알기 위해 밀크맨은 엄마를 미행하는데 외할아버지 묘소에서 엄마는 아버지의 구박 때문에 죽은 외할아버지를 더 찾게 되었다고 아들에게 털어놓는다. 밀크맨이 엄마에게 왜 아이가 아닌 자신을 무릎에 앉혀서 젖을 먹였는가에 대해서 추궁하자, "그리고 너를 위해 기도도 했단다. 밤이면 밤마다 낮이면 낮마다 하루도 빠짐없이. 무릎을 꿇고. 자, 이제 네가 말해보렴. 내가 무릎을 꿇고 너에게 무슨 해를 끼쳤더냐?"(189)[4]라고 말해서 오해가 풀리고

---

[4] 이하 『솔로몬의 노래』의 번역과 쪽수는 김선형의 역서를 참조하였음.

밀크맨은 엄마의 고통을 이해하기 시작한다.

메이컨 데드라는 이름은 글을 모르는 밀크맨의 할아버지가 해방노예 사무국에 이름을 등록하는데 술에 취한 유니언 군대 직원이 잘못 기록하여 생겼다. 원래 할아버지의 이름은 제이크(Jake)인데 출신을 묻는 질문에 메이컨이라고 했으나 직원이 이름 칸에 적었고, 성을 물었는데 죽었다고 해서 성이 데드가 되었다. 그 사건은 그 후 메이컨 가문이 상징적인 죽음을 맞이한 것으로 해석할 수도 있다. 하지만 나중에 밀크맨이 자신의 이름과 성의 유래를 직접 체험을 통해 알게 된 후 자신이 주위 사람들에게 자양분을 주는 존재가 되었다고 본다면 이름에 나름대로의 의미를 부여할 수 있을 것이다.

밀크맨에게는 파일럿(Pilate)이라는 신비한 삶을 살아온 고모가 있다. 아버지가 고모를 뱀에 비유하며 만나지 못하게 했으나 밀크맨은 파일럿에게 더 관심을 가진다. 아버지와 고모는 30년 전에 할아버지가 펜실베니아에서 죽은 사건 이후 사이가 좋지 않다. 밀크맨의 할아버지가 백인에 의해 죽었을 때 아버지와 고모는 신변의 위협을 느껴서 동굴로 피신하였는데, 그때 백인을 죽이게 되고 그곳에서 그들은 금이 들어있는 자루를 발견한다. 금을 가져 갈 것인지 말 것인지에 대해서 아버지와 고모는 논쟁을 벌이고 그때부터 두 사람 사이는 벌어진다. 나중에 아버지가 동굴에 돌아와 보니 금은 사라졌고 아버지는 고모가 가져갔다고 생각한다. 반면에 고모는 동굴에

간 것은 사실이지만 죽은 사람의 뼈만 보았다고 했다.

파일럿이라는 고모의 이름은 글을 모르는 밀크맨의 할아버지가 성경에 손가락을 가리켜 정하였다. 산파 서스(Circe)가 여자 아이 이름으로 어울리지 않다고 했음에도 불구하고 할아버지는 빌라도를 의미하는 파일럿(Pilate)이 아니라 수로안내인(riverboat pilot)의 의미인 파일럿(Pilot)으로 여기고 지었다. 밀주업을 하며 딸 레바(Reba)와 손녀 헤이가(Hagar)와 살고 있는 파일럿은 태어날 때부터 배꼽이 없는 신비스런 인물이다. 밀크맨은 헤이가와 사랑에 빠지는데 나이가 몇 살 많은 헤이가는 밀크맨의 5촌 조카가 된다. 밀크맨은 헤이가를 성적 대상으로만 여기며 그녀를 세 번째 마시는 맥주에 비유한다.

밀크맨에게는 계급적으로 처지가 다른 기타 베인즈(Guitar Bains)라는 가난한 친구가 있다. 기타는 어릴 때 아버지가 제재소에서 사고로 죽은 후 백인에 대해서 매우 적대적이다. 흑인운동단체인 세븐 데이즈 일원으로 일하는 기타는 흑인을 죽인 백인에게 보복하는 일을 한다. 그럼에도 불구하고 기타는 사랑 때문에 백인을 죽이는 일을 한다고 밀크맨에게 이야기 하는데, 기타는 이 사랑은 흑인을 위한 사랑이라고 한다. 밀크맨이 자신의 정체성을 발견하기 전에 보여준 모습이 동화주의적이고 물질주의적이라면, 기타는 처음부터 끝까지 저항적이고 전투적인 모습을 보여준다.

모리슨은 이 소설에서 당시 흑인들이 겪은 두 가지 역사적 사건을 다루고 있는데 그것은 1953년에 발생한 에밋 틸(Emmett Till) 사건과 1963년도에 일어난 알라바마 버밍햄시 16번지 침례교회 폭파 사건이다. 4장에서 시카고에서 미시시피에 놀러 왔다가 린치를 당한 에밋 틸의 죽음이 묘사된다 : "여섯 살 쯤 된 소년이 하굣길에 밧줄로 추정되는 것에 목이 졸려 살해되었고, 두개골은 함몰되어 있었다고 한다"(152). 모리슨은 에밋 틸의 죽음을 이야기 하면서 마술적 리얼리즘의 문체를 도입하는데 밀크맨의 별명을 지어준 관리인 프레디가 밀크맨에게 자신의 엄마가 자신을 출산할 때 새하얀 황소로 변한 여자를 보면서 진통을 하여 자신을 출산하고 죽었다는 이야기를 해준다. 이것은 백인이 흑인을 린치하는 것을 상징적으로 암시하는 대목이다. 세븐 데이즈 단원인 기타는 자신이 일요일 담당자라고 말하는데, 그는 1963년 9월 15일 일요일에 발생한 버밍햄 침례교회 폭파 사건에서 죽은 네 명의 소녀에 대한 복수로 백인을 똑같이 죽이기 위해 폭약을 살 돈이 필요했다. 그래서 밀크맨이 파일럿 고모 집 초록 자루에 들어있는 금을 훔치자고 했을 때 동참한 것이다.

파일럿 고모 집에서 초록 자루의 이야기를 들은 밀크맨의 아버지는 그 자루 안에 금이 있다고 여긴다. 밀크맨은 아버지의 제안대로 고모 집에 있는 초록 자루의 금을 찾으려 했으나 자루에 금이 없다는 것을 알게 된다. 그 후 아버지는 밀크맨에게 펜실베니아 댄빌의 동굴에 금이 있을지 모른다며 아들을 그곳에 가게 만든다. 밀크맨은 기타가 함께 가지 않아서 혼자 펜실베니아로 향한다. 밀크맨의 여행은 마치 원탁의 기사가 신의 계시를 받고 성배를 찾아 나서는 것을 연상시키고, 그것은 처음에는 단순히 금을 찾는 것이지만 점차 자신의 정체성과 뿌리를 찾아나가는 여정이 된다.

밀크맨은 댄빌에서 만난 쿠퍼(Cooper)목사가 자신의 가족에 대해서 이야기 하자 매우 흥분하며 가족의 뿌리에 대해서 더 알고 싶은 욕망이 생긴다. 또한 그곳에서 버틀러(Butler) 가문의 하녀 서스를 만나는데, 그녀는 밀크맨에게 있어서 파일럿만큼이나 진실에 눈을 뜨도록 인도한 여인이다. 호머(Homer)의 『오디세이』에서 오디세우스와 그 일행을 매혹시킨 키르케처럼 서스도 불멸의 산파이며, 밀크맨으로 하여금 파일럿과 슈거맨의 노래를 연결시켜주고 살리마르(Shalimare) 아이들의 노래까지 연결시켜준다. 조상의 뿌리를 추적하다 밀크맨은 어느덧 버지니아의 살리마르까지 가게 된다. 이곳에서 할머니 싱(Sing)에 대해서도 알게 된 밀크맨은 "댄빌 이후로, 자기 혈통에 대한 관심은 계속 커져만 가고 있었다"(427). 이런 여행 속에서 밀크맨은 많은 사람들과 접하며 친구가 되기도 하고, 싸우기도 하고, 사냥을 함께 하기도 한다. 밀크맨은 살리마르에서 살쾡이 사냥을 마친 후 자신감을 가지게 되는데 이제 더 이상 14살 때부터 절었던 다리를 절지 않게 된다. 이 사건은 그가 새롭게 태어남을 의미한다. 그리고 그곳에서 스위트(Sweet)라는 여자를 만나 사랑에 빠지고 각성을 하기도 한다.

버지니아 살리마르에서 밀크맨은 아이들이 놀면서 불렀던 노래인 "솔로몬의 노래"를 듣고 가족의 역사와 전통을 발견하게 되는데, 그 노래는 바로 밀크맨이 어렸을 때 고모 파일럿이 불렀던 노래였던 것이다. 밀크맨은 고모가 "오 슈거맨 날 여기 두고 떠나지 말아요"라고 불렀던 데 반해 살리마르 아이들은 "오 솔로몬 날 여기 두고 떠나지 말아요"라고 부른 것을 알고 노래속의 솔로몬이 바로 아프리카로 날아갔던 그의 증조할아버지라는 사실을 깨닫는다. 또한 밀크맨은 살리마르에서 아이들의 노래 "솔로몬의 외아들 제이 / 이리로 와 부바 얄레, 이리로"(440)를 들으니 여행 중 알게 되었던 솔로몬의 바위, 라이나의 협곡 등의 단어들이 친숙하게 다가왔다. 밀크맨은 퍼즐과 같이 선조들의 관계망을 마주치고 나니 흥분되고 혼란스러웠다. 그는 "한평생 살아오면서 이토록 열렬한 의욕에 불타며 행복한 것은 정말 처음이었다"(444)라고 느꼈다. 비록 금을 찾지는 못했지만 가족의 기원에 대해서 더 상세히 알게 된 밀크맨은 자부심과 정체성을 확인하게 된다.

밀크맨의 증조할아버지 솔로몬은 당시 가장으로 홀로 비상을 하였다. 솔로몬이 비상하면서 자식인 제이크(Jake)를 떨어뜨리고 부인 라이나(Ryna)와 나머지 자식 20명을 남긴 것은 가족들에게 커다란 고통이다.

그는 라이나와 스무 명의 자식들을 버리고 떠났다. 스물한 명. 데려가려던 아기를 떨어뜨렸으니까. 그리고 라이나는 땅바닥에 몸을 던지고, 미쳐버렸고, 아직도 골짜기에서 울부짖고 있다. 스무 명의 아이들은 누가 보살폈지? 이런 세상에. 그는 스물한 명의 아이들을 버리고 혼자 떠나버렸다! 기타와 결사단은 결코 아이를 낳지 않는 쪽을 택했다. 샬리마는 제 자식들을 떠났지만, 그 아이들은 그 이야기를 노래로 만들어 부르고 살아서 떠난 그의 이야기를 마음속에 간직했다.(483)

이는 노예제도가 그만큼 흑인들에게 크나큰 상처를 남겼음을 보여준다. 그럼에도 불구하고 솔로몬의 비상은 자유를 향한 몸부림이다. 모리슨은 흑인 남성들이 목표를 이루기 위해 성취와 희생을 하면 그 뒤에는 여성들이 또 다른 희생과 고통 속에 살아야 함을 암시한다.

밀크맨은 여정을 통해 증조할아버지에 대해서 자세히 알게 된 후 자부심을 가지고 미시간으로 돌아온다. 기쁜 소식을 전하기 위해 자기 집보다 고모집에 먼저 갔지만 고모는 밀크맨의 머리를 병으로 내리쳐서 기절시킨다. 깨어난 밀크맨은 고모로부터 헤이가가 죽었다는 소식을 듣고 안타까워한다. 밀크맨은 파일럿 고모에게 자신이 새롭게 알게 된 자루에 대한 사실을 다음과 같이 이야기한다.

　　"그 뼈들은 백인의 유골이 아니에요. 아마 그 백인은 죽지도 않았을 거예요. 내가 가봤어요. 두 눈으로 똑똑히 봤어요. 그 사람은 거기 없었고 황금도 없었어요. 누가 황금을 찾아갔고, 아마 그 백인도 발견되었을 거예요… 할아버지의 시신은 고모와 아버지가 판 무덤 속에서 떠내려가 물 위에 떠올랐어요. 한 달 후에 강물에 떠내려간 거예요. 버틀러 사람들. 아니 또 누군지 아무튼 그의 시체를 동굴에 갖다 버렸대요. 늑대들이 백인의 유골을 동굴 입구까지 끌고 와서 바위에 기대놓은 게 아니었어요. 고모가 발견한 건 할아버지의 유골이에요. 이때까지 할아버지의 유골을 짊어지고 다니셨던 거예요."(484)

　　밀크맨은 고모에게 할아버지 유골을 솔로몬의 바위에 제대로 매장을 해주자고 하며 다시 고모를 데리고 살리마르로 간다. 할아버지를 잘 매장한 후 싱의 코담뱃갑을 묻고 일어서는데 고모가 총에 맞고 쓰러진다. 고모는 밀크맨에게 노래를 불러 달라고 하자 밀크맨은 "슈가걸 날 여기 두고 떠나지 말아요 / 목화솜에 질식할 것 같아요 / 슈가걸 날 여기 두고 떠나지 말아요 / 버크라의 두 팔이 목을 졸라요"(489)라는 노래를 반복해서 부른다. 뿌리를 찾는 과정 속에서 시야가 넓어지고 성숙해진 밀크맨과 달리 전투적이고 자기 신념이 강한 기타는 오해 때문에 밀크맨을 죽이려 하다가 결국 실수로 친구의 고모를 죽인 것이다.

마지막에 기타가 쏜 총에 죽어가는 밀크맨은 자기를 죽인 친구를 비난하기보다는 하늘을 날아간 증조할아버지를 떠올린다. 그는 기타에게 "나를 원해? 응? 원하는 게 내 목숨이야?"(490)라고 하며 "자, 여기 있어."라며 비상을 한다. 그는 비상의 기분을 다음과 같이 말한다 : "지금 이 순간 밀크맨은 알고 있었다. 살리마르가 알고 있었던 사실을. 공기에 몸을 맡기면, 공기를 탈 수 있다는 사실을"(490). 밀크맨은 자신을 죽인 기타를 원망하기보다는 자신의 노래를 부르는데, 이 점에서 모리슨은 기타와 같은 문화민족주의자의 지나친 맹목성을 비판하며, 극단적 흑인 민족주의와 백인 동화주의와의 화해의 모색을 추구하고 있음을 보여준다.

　　밀크맨의 비상은 제임스 조이스(James Joyce)의 『젊은 예술가의 초상(A Portrait of the Artist as a Young Man)』의 주인공 스티븐 디덜라스(Stephen Dedalus)를 떠올리게 한다. 왜냐하면 스티븐이 자신의 예술세계를 위해 숨 막히는 아일랜드를 떠남으로써 새로운 비상을 하듯이, 밀크맨도 실질적 비상을 함으로써 자신과 주변 사람들을 각성시키고 변화시키기 때문이다. 밀크맨은 이제 각성한 인간으로서 자신의 희생을 통해 기타에게 새로운 현실을 제공한다.

　　모리슨의 여러 소설에서 흑인의 고통을 치유해주는 효과로서 블루스와 재즈의 특징이 많이 나타나듯이『솔로몬의 노래』에서도 블루스가 등장인물의 고통을 해소하는 데 중요한 역할을 하고 있다. 『가장 푸른 눈』에서는 클로디아의 엄마가 힘들 때면 블루스를 부르고, 『빌러비드』에서도 폴 디가 어려움 속에서 블루스를 부르며 어려움을 견뎌왔다. 『솔로몬의 노래』에서 파일럿은 "오 슈거맨 날 여기 두고 떠나지 말아요"라는 노래를 자주 부르는데, 이 노래는 바로 그녀에게 위안을 주는 블루스이다. 파일럿은 밀크맨에게 버림받아 죽은 손녀딸 헤이가의 장례식에서도 부름과 응답(call and response)의 형식을 띠는 블루스를 부른다. 장례식에서 파일럿이 여러 번 '은총'이라고 노래하자 헤이가의 엄마이자 파일럿의 딸인 레바는 "달콤한 소프라노"(463)로 "내가 듣고 있다"(463)라고 응답한다. 이러한 레바의 블루스적 대화는 딸이 죽은 슬픔을 블루스로 승화시키는 것이다. 마찬가지로 밀크맨 역시 나중에 기타에 의해 파일럿이 죽을 때 블루스를 부른다. 이런 점에서 모리슨의 소설에 나타난 블루스의 의미는 랠프 엘리슨이 "블루스란 철학의 위안으로서가 아니라 거의 비극적이거나 거의 희극적 서정주의를 통해 고통에 찬 삶의 편린과 참혹한 삶의 경험을 아픈 의식 속에 살아 있게 하고 고르지 않은 결을 손으로 어루만지고 그 고통을 초월하는 충동이다"(90)라고 정의한 것과 부합한다. 이와 같이 솔로몬과 그 후손들은 어려움 속에서 강인하게 살아왔고 그들은 블루스를 부르며 고통을 극복했던 것이다. 그리하여 흑인들에게 있어서 블루스는 그들의 삶의 정수를 후손들에게 전승시키는 매개체가 된다.

『솔로몬의 노래』에서 모리슨은 상류 흑인 가정의 가족사의 면면을 드러냄으로써 현재를 살아가는 흑인들이 자신의 뿌리를 재조명해보고 진정한 흑인 정체성이란 무엇인가를 깨닫게 한다. 『재즈』의 조 트레이스와 마찬가지로 『솔로몬의 노래』에서 주인공 밀크맨은 선조를 찾아나가는 과정을 통해서 소중한 자신의 정체성을 발견한다. 그런 과정 속에서 블루스와 재즈와 같은 흑인 음악이 중요한 기능을 한다는 것을 모리슨은 보여주고 있다.

생각해 볼 문제

1) 밀크맨은 펜실베니아 댄빌 마을에서 서스라는 신비로운 여인을 만난다. 오디세이에서 키르케를 연상시키는 서스 할머니의 역할을 논하시오.

2) 『솔로몬의 노래』는 밀크맨의 정신적 성장을 다루는 성장소설(Bildungsroman)로 볼 수 있다. 성장소설로서의 그 특징을 설명하시오.

3) 밀크맨이 사랑했던 여자 — 헤이가와 스위트 — 에 대해서 설명하시오. 헤이가와 스위트는 어떤 공통점과 차이점이 있는가?

4) 밀크맨의 증조할아버지 솔로몬에 대해서 설명하시오. 그
는 왜 날아서 갔는가? 그의 비상의 의미에 대해서 설명
하시오.

5) 밀크맨의 누나 퍼스트 코린시언즈와 레나라 불리는 막달
렌에 대해서 설명하시오.

『재즈』

『재즈』는 『솔로몬의 노래』와 비교하면 다소 짧은 소설이지
만 쉽게 읽히는 소설이 결코 아니다. 소설의 화자가 재즈 음
악처럼 스토리텔링을 자유자재로 그리고 즉흥적으로 엮어가
기 때문에 『재즈』라고 이름 지어졌는데, 화자는 모든 등장인
물을 아는 것처럼 보였다가 잘 모르는 사람이 되기도 한다.
모리슨은 이전 소설에서도 그랬듯이 『재즈』에서도 끊임없이
독자로 하여금 의미 해독에 참여하게 한다. 재즈 음악의 즉흥
성과 자유로움처럼 이 소설은 밑도 끝도 없이 "쯧, 나는 그
여자를 알고 있다"로 시작한다.

쯧, 나는 그 여자를 알고 있다. 전에는 레녹스 거리에
서 한 떼의 새들과 함께 살았다. 그 여자의 남편도 안다.

열여덟 살짜리 여자아이에게 넋을 잃고는, 그 왜, 사람을
지독하게 슬프게 만들기도 하고 또 행복감에 몸서리치게
만들기도 하는, 그런 깊디깊고 소름끼치는 연정이 있지
않은가. 소녀에게 그런 연정을 품었다가 단지 그 느낌을
잃기 싫다는 이유로 소녀를 총으로 쏘아 죽인 사내다. 여
자는, 아 참, 그 여자의 이름은 바이올렛인데 아무튼 그
여자는 소녀의 장례식에 가서 시체의 얼굴을 칼로 그었
고, 사람들은 여자를 마룻바닥에 내동댕이친 뒤 교회에서
쫓아냈다.(15)[5]

앞선 소설 『빌러비드』에서 "여자가 바늘귀를 놓칠 때" 내
는 소리 중의 하나인 '쯧'은 과연 여기서 어떤 의미일까? 나
는 누구이고, 그 여자는 누구일까?

『빌러비드』, 『파라다이스』와 함께 역사소설 3부작 중 하나
인 『재즈』는 재즈시대(Jazz Age)로 알려진 1920년대 할렘에서
의 흑인 부부의 애환을 다룬다. 동시대 작가인 스코트 피츠제
럴드(F. Scott Fitzgerald)의 『위대한 개츠비(*The Great Gatsby*)』에
나타난 화려한 파티와 황금만능주의에 바탕을 둔 백인들의
사랑과는 비교되게 『재즈』에서는 가난한 흑인 부부의 사랑과
배신과 화해가 다루어진다. 조 트레이스와 그의 아내 바이올
렛은 1890년대 대이주(Great Migration)의 열풍을 타고 자유와 직

---

[5] 이하 『재즈』의 번역과 쪽수는 김선형의 역서를 참조하였음.

업을 찾아 남부에서 북부, 즉, 블랙 메카이자 "약속의 땅"인 뉴욕의 할렘으로 꿈을 가득 품고 이주한다. 이는 마치 『가장 푸른 눈』에서 남부에서 결혼 후, 더 좋은 삶을 위하여 북부 오하이오 로레인으로 온 피콜라의 부모 촐리와 폴린을 떠올리게 한다. 그러나 트레이스 부부는 촐리 부부와 다르게 자식이 없다.

모리슨이 『빌러비드』를 쓸 때 딸을 죽인 노예 엄마의 이야기를 마가렛 가너의 실제 이야기에서 영감을 받았듯이, 『재즈』는 제임스 반 데어 지(James Van der Zee)의 『할렘 사자의 서(*The Harlem Book of the Dead*)』에 18세 소녀의 죽음에 관한 이야기가 있는 사진 한 장을 보고 영감을 얻었다. 그 사진속의 소녀가 파티에서 자신을 쏜 남자아이를 "내일 당신께 말해 줄게요"라고 말하며 도망가게 했듯이, 『재즈』에서 소녀 도카스(Dorcas)가 자신을 쏜 50세의 조를 도망가게 도와준다.

할렘은 흑인들에게 꿈과 자유의 도시이지만 항상 위험이 도사린다. 화자는 도시를 미치도록 좋아한다고 하는데, 그 이유는 할렘과 같은 도시는 "허황된 꿈을 꾸게 하고 만사를 감상적으로 대하게 만들기"(20) 때문이다. 50세의 화장품 외판원 조는 아내 몰래 18세 소녀 도카스와 사랑에 빠지게 되지만 나중에 도카스가 같은 또래 아이와 사귀자 질투심에 사로잡혀 그녀를 죽이게 된다. 그렇다면 오십 평생 한 번도 외도를 하지 않았던 조는 왜 도카스를 만난 이후 사랑에 빠지고, 왜 그녀를 총으로 죽일까? 바이올렛은 무슨 이유로 도카스의 시신에 또 다시 상처를 내려고 하는가?

우리는 여기서 조와 도카스와의 비정상적인 사랑을 비난할 것이 아니라 왜 그들이 나이를 초월하여 서로를 갈망했는지에 대해서 생각해 보아야 한다. 모리슨의 다른 소설들도 그러하듯이 조와 도카스 그리고 바이올렛의 삼각관계를 이해하기 위해서는 그들의 과거를 거슬러 올라가야 한다. 그래야 그들이 겪었던 개인적 상처가 무엇이었는지 알 수 있고 모리슨이 어떻게 그들의 내면에 깊이 패어있는 생채기를 치유해주는 글쓰기를 하고 있는가를 알 수 있다.

『재즈』의 등장인물들 모두 부모 또는 사랑하는 사람들과의 이별을 통해 겪는 트라우마가 있다. 조의 부모는 어릴 때 흔적 없이 사라졌고, 바이올렛도 엄마가 우물에 투신자살했고, 도카스의 경우는 아버지는 일리노이 주 이스트 세인트 루이스에서 발생한 폭동(East St. Louis Riot)에서 백인들에 의해 밟혀 죽었고, 엄마는 며칠 뒤에 불에 타 죽었다.

부모로부터 버려진 조는 살아가면서 일곱 번 새로 태어나는 변화를 하였다. 첫 번째는 자신의 이름을 트레이스(흔적)로 바꾼 것이다. 두 번째는 헌터스 헌터(Hunters Hunter)에게 사냥 훈련을 받으며 남자가 된 것이다. 세 번째는 고향 비엔나(Vienna)에서 화재로 집이 타 버리자 고향을 떠나는 것이다. 네 번째는 1906년 바이올렛과 함께 기차를 타고 북부로 이주한 것이다. 다섯 번째는 웨스트 53번가를 떠나 할렘의 더 좋은 동네로 이사 가게 되었을 때이다. 여섯 번째는 1917년 여름 인종폭동으로 백인들에게 맞아 죽을 뻔했을 때이다. 일곱 번째는 1919년 1차 대전 후 흑인 병사의 자랑스러운 모습을 보고 더 이상 인종차별이 없을 거라 믿을 때이다. 이와 같은 일곱 번의 변신 이후 조는 도카스를 만나게 되고 그 후 또 다른 변신을 모색한다.

조는 자신을 낳은 엄마에게 버려진 후 어느 부부에게 입양되어 이름이 조셉(조)이 되었고 부모가 흔적조차 없이 사라져 버려서 트레이스라는 성을 가지고 있다. 조는 자신의 엄마로 여겨지는 와일드(Wild)를 만나 그녀에게 "그럼 나한테 증표를 줘요"(242)라고 했지만 와일드는 어떠한 증표나 사인도 주지 않는다. 조는 와일드를 보고 다음과 같이 생각한다.

헌터에게 숲을 사랑하는 법을 배웠기에 그는 숲을 사랑했다. 하지만 지금 숲은 온통 그 여자로 가득 차 있었다. 살려달라고 애원하기엔 너무 어리석은 백치 여인. 비천한 암퇘지조차 할 수 있는 일을 못하고 도망갈 정도로 뇌가 엉망진창이 되어버린 여자. 제 새끼에 젖을 물리는 일조차 못하는 여자. 어린아이들은 그 여자가 마녀라고 믿었지만, 그건 틀린 생각이었다. 이 짐승은 마녀가 될 만한 지능도 없다. 여자는 무기력하고, 보이지 않으며, 쓸데 없이 민첩했다. 어디에나 있으면서 어디에도 없었다.(243)

와일드는 마치 『빌러비드』에서 엄마 세스가 죽인 딸 빌러비드가 환생한 것과 같이 여겨진다. 그 이유는 두 살 때 죽었다가 처녀로 나타나 아이처럼 세스에게 무작정 요구하는 빌러비드처럼, 와일드 역시 과격하고 소통이 어려운 존재로 나타나기 때문이다. 또한 빌러비드가 사라질 때 나체로 배가 부른 모습이었듯이, 와일드도 옷을 입지 않은 채 활보한다. 와일드는 조를 낳고 다시 숲으로 흔적도 없이 사라졌고, 이렇게 아들과 교류를 하지 못하고 떠돈다. 이렇게 평생 엄마를 갈구한 조는 할렘에서 도카스를 만나게 되는데 바로 그녀는 유령과 같은 존재인 엄마 와일드를 연상시킨다. 즉, 조에게 있어서 도카스는 연인과 엄마의 두 가지 모습이 있었던 것이고, 이것은 그에게 삶의 의미를 제공하였다.

　　그러나 엄마 와일드의 야성을 닮은 도카스는 조의 기대를 저버리고 자신을 배신한 와일드처럼 젊은 남자 액튼(Acton)에게 간다. 배신당한 조는 마치 사냥꾼처럼 액튼과 같이 있는 도카스에게 총을 겨누어 죽인다 : "그 애는 혼자 있을 거야. 고집불통일지는 몰라도. 와일드할지 몰라도, 적어도 혼자일 거야"(248). 조는 도카스를 그의 엄마 와일드로 생각하여 더 이상 그녀로부터 버려지기 싫어서, 또 마지막으로 엄마를 느껴보기 위해 총으로 쏘았던 것이다. 그 총알은 마치 조의 손길 같아서 "그건 총이 아니었어. 너를 만지고 싶었던 내 손이었던 거야"(183). 도카스 역시 그 순간 무엇을 느낀다. 조가 도카스를 죽인 것도 과거에 헌터로서 역할을 했으며, 이제 여덟 번째 변신을 했다고 볼 수 있다. 이는 마치 『빌러비드』에서 세스가 환생한 빌러비드와 직면하여 같이 시간을 보내다 다시 떠나보낸 후 새로이 태어나는 것과 같다. 즉, 트라우마를 떨쳐내기 위해서는 그 트라우마와 정면으로 대응한 후 갈등 과정을 겪은 다음 마침내 극복하는 것이다.

바이올렛에게도 가슴 아픈 가정사가 있다. 노예로 살던 그녀의 할머니 트루 벨(True Bell)이 노예와 살림을 차린 백인 노예주 딸 베라 루이즈(Vera Louise)를 돌보기 위해 볼티모어로 떠나야 했기 때문에 남은 가족들이 고통을 겪어야 했다. 할머니가 떠나고 또 남편이 서명을 잘못하여 재산을 몰수당하게 되어 생계가 막막해지게 되자 바이올렛의 엄마 로즈 디어(Rose Dear)는 자식들을 버린 채 우물에 몸을 던져 죽었다. 이런 우울한 과거 때문에 바이올렛은 아이를 가지지 않기로 했던 것이다. 또 아이를 많이 유산한 바이올렛은 도카스에게서 남편을 빼앗아간 젊은 여자의 이미지 외에도 딸의 이미지를 느끼게 된다. 따라서 바이올렛에게 도카스는 바로 "남편을 빼앗은 계집이었던가, 아니면 그녀의 자궁에서 도망쳐버린 딸"(155)이 되는 것이다.

바이올렛은 남편이 죽인 도카스의 시체를 또 칼로 훼손하다가 사람들로부터 제지당한다. 스스로 변신하였던 조처럼 바이올렛에게도 두 개의 자아가 있다. 하나는 일상적인 자아이

고, 또 다른 자아 "그 바이올렛"은 도카스 장례식에서 난동을
부리고 앵무새를 쫓아 보내는 등 그녀가 보지 못하고 하지 못
하는 일들을 저지르는 무의식 속의 자아이다. 그녀는 도카스
의 친구 펠리스(Felice)에게 "그리고 나서 그 여자를 죽인 나도
죽여버렸지"(278). 그래서 이제 남은 것은 그냥 "나"(278)라고
말하며 자신감을 회복했다고 말한다. 이에 대해 펠리스는 바
이올렛과 조에게 도카스가 죽어가면서 했던 말을 들려주는데,
그것은 바로 도카스가 그녀를 쏜 사람에 대해서는 이야기하
지 않고, 조에게 사과는 하나밖에 없음을 전해달라고 했다는
것이다. 이는 조와 도카스의 사랑은 금지된 사랑으로 결국 도
카스는 액튼보다 조를 더 사랑했음을 보여준다.『솔로몬의 노
래』에서 헤이가가 희생된 후 밀크맨이 자신의 정체성을 회복
하듯이,『재즈』에서도 도카스가 희생된 후 조 부부가 새로운
정체성을 회복한다.

『솔로몬의 노래』에서 에밋 틸 사건과 버밍햄 침례교회 폭
파 사건과 같은 역사적 사건이 나오듯이『재즈』에서도 실제
역사적 사건인 이스트 세인트 루이스 인종 폭동 사건이 다루
어진다. 그 폭동사건은 1917년 7월 흑인마을에서 백인이 총에
맞아 죽자 수천 명의 백인들이 보복으로 흑인들에게 총으로
쏘고 린치를 가하고 불태운 비극적 사건이다. 이 사건에서 공
식적으로는 48명이 죽었는데 그중 39명이 흑인으로 알려져
있다. 그러나 흑인의 사상자가 더 많이 났으나 은폐된 점이

있는데, 작품속의 화자는 폭동의 사상자를 200명으로 묘사하고 있다.

> 하지만 앨리스는 누구보다 더 진실을 잘 알고 있다고 자부했다. 제부는 참전용사도 아니었고, 전쟁이 나기 훨씬 전부터 이스트 세인트루이스에서 살았다. 백인의 일자리를 구걸할 필요도 없었다. …그런데도 전차에서 끌려나와 무자비하게 구둣발에 밟혀 죽었다. 앨리스의 여동생은… 누군가 집에 불을 지르는 바람에 불길 속에서 파삭파삭 타버렸다.(86)

이렇게 억울하게 죽은 부모를 뒤로 한 도카스는 어린 나이에 트라우마를 안고 살아간다. 『솔로몬의 노래』에서 파일럿 고모가 밀크맨을 보호해주었듯이 『재즈』에서 앨리스 이모 역시 남편과 이별한 후 도카스를 지켜주었다. 그런 점에서 앨리스는 도카스의 대체 엄마라 할 수 있다.

『재즈』에서 조와 바이올렛, 그리고 도카스의 과거사 외에 관심을 끄는 부분은 백인 노예주의 딸 베라 루이즈와 흑인 남자 헌터즈 헌터 사이에 태어난 혼혈인 골든 그레이(Golden Gray)에 대한 이야기이다. 포크너의 『압살롬, 압살롬!』에서 찰스 본(Charles Bon)과 섯펜의 관계처럼 『재즈』에서 흑인 사냥꾼인 헌터즈 헌터인 헨리 레스트로이(Henry Lestroy)와 골든 그레이의 관계가 중요하다. 모리슨은 헨리 레스트로이와 골든 그레이 이야기를

106   토니 모리슨의 삶과 문학

통해 포크너의 소설을 시그니파잉(signifying) 하여 백인 작가의 혼혈인의 고뇌를 흑인의 관점에서 다시 쓴다. 흑인 비평가 헨리 루이스 게이츠(Henry Louis Gates, Jr.) 식으로 말하면 모리슨은 모더니스트 텍스트인 『압살롬, 압살롬!』을 포스트모던 텍스트인 『재즈』로 개작, 변형한 것이다. 골든 그레이는 백인으로 살다가 백인 엄마로부터 아버지가 흑인이라는 이야기를 듣고 집을 뛰쳐나간 후 아버지를 찾아 나선다. 아버지를 만났으나 환영받지 못한 골든 그레이는 좌절한다. 『압살롬, 압살롬!』을 생각해 본다면 베라 루이즈 그레이가 쫓겨나는 이유는 그녀의 아버지 그레이 대령이 바로 베라 루이즈의 연인인 헨리 레스트로이의 아버지일 수도 있기 때문이다. 모리슨은 당시 노예제도가 가져온 인종 장벽이 아버지와 아들 사이의 정을 갈라놓는 비극을 보여주고 있음을 보여준다. 이와 같이 노예제도는 흑인뿐만 아니라 백인, 그리고 그 사이에 태어난 혼혈 자식에게도 트라우마를 남기고 있는 것이다.

『재즈』의 헨리 레스트로이는 백인 여자와의 관계를 통해서 혼혈아들을 본 사람이지만 결코 자신을 부끄러워하지 않고 당당한 모습을 보이며 자신을 자유 흑인이라 칭한다. 또한 모리슨은 골든 그레이와 헨리 레스트로이가 조의 엄마로 알려진 와일드를 도와주게 함으로써 흑인들의 연대감을 상승시킨다. 이렇게 본다면 조가 할렘에서 와일드의 이미지를 연상시키는 도카스를 추적하여 사랑하고 사냥꾼처럼 총을 쏘아 죽이는 것이 이해될 수 있다.

『재즈』는 제목을 보면 재즈 음악이 중심이 된다고 여겨진다. 즉,『위대한 개츠비』처럼 파티에서 재즈 연주자도 등장하고, 연주장면도 나올 걸로 예상된다. 그러나 재즈라는 단어는 소설 속에서 단 한 번만 나올 뿐이다. 도카스의 이모인 앨리스는 조카를 잃었지만 바이올렛을 위로하기 위해 서로 만난다. 모리슨은 이 두 여인을 연결시키는 장면에서 재즈와 블루스란 단어를 드물게 사용한다.

> 웅크리고 주저앉아서 어깨를 들썩이며, 바이올렛은 자기가 장례식에서 어떤 꼬락서니였는지, 자기가 그렇게 죽자사자 하려던 일이 뭔지 생각했다. 뭔가 블루스 가락이면서도 재즈의 비트 같은 일을 저지르려는 자기 모습이 보였다. 칼을 주섬주섬 찾았지만, 어쨌든 모든 게 너무 늦어버렸던 것을……. 그녀는 웃다웃다 사레들렸고 앨리스는 자신과 바이올렛을 진정시킬 차를 끓여야 했다.(163)

그런데 왜 소설의 제목이 재즈일까? 그것은 소설의 구조와 분위기 때문이다. 즉,『재즈』는 문학과 음악의 경계를 허물어 개별 인물들이 자신의 이야기를 연주하고, 개별적인 삶이 하나씩 모여서 하나의 음악 작품으로 완성된다. 그래서 『재즈』의 결말은 개별적 파편들이 하나의 종합적 완결을 이룬다. 그러면서 또한 이 소설은 재즈의 특징처럼 해석의 다양성이 주어진다. 『재즈』를 읽으면 마치 듣는 듯한 느낌까지 느낄 수 있는데, 그 이유는 리듬감 있는 언어 구사로 삶의 맥박이 느껴지기 때문이다. 재즈의 특징은 블루스를 바탕에 두고 자유로움과 격식과 틀로부터 벗어나려는 반항적 움직임에 있다.

『재즈』의 화자는 작품의 지휘자처럼 여겨진다. 그러나 그녀는 신뢰가 가지 않는 지휘자이다. 처음에 화자는 자신이 모든 것을 아는 전지적 존재인 것처럼 보인다. 그러나 작품이 전개될수록 화자 자신도 주저하며 확신이 없다. 재즈가 전통 교향곡의 통일적 특징과 달리 개별적 연주를 강조하다 보니 예측이 어렵고 즉흥적이듯이 『재즈』도 파편적이기 때문에 독자가 완전성을 위해 참여하여 그 역할을 해 주어야 한다. 즉, 『재즈』는 재즈 음악의 즉흥성, 자유로움, 부름과 응답을 닮았다고 할 수 있다. 이 말은 모리슨이 부름을 하면 독자들이 응답을 하는 구조임을 의미한다. 소설의 마지막 문장 "나를 만들고, 다시 만들어달라고 말할 텐데. 그대는 자유로이 그리할 수 있고, 나는 자유로이 그대가 뜻대로 하게 내버려둘 텐데. 왜냐하면, 봐, 봐, 봐요. 그대의 손이 어디 있는지 봐요. 지금."(303)에서 나타난 것처럼 모리슨은 독자들이 상상력을 발휘하여 즉흥적으로 모리슨의 텍스트를 재즈 연주처럼 요리하고 연주하라고 주문한다.

『솔로몬의 노래』에서 블루스의 치유의 역할처럼, 『재즈』에서도 블루스와 재즈가 인물들의 고통을 치유하고 독자들을 치유하는 기능이 있다. 이렇게 『재즈』는 겉으로는 조와 바이올렛, 그리고 도카스의 1920년대 할렘의 사랑이야기인 것처럼 보이지만 재즈 연주처럼 이야기가 즉흥적으로 조의 과거로 이탈하고 바이올렛의 과거로 넘나들며 이야기를 씨줄과 날줄로 다시 엮어서 흑인의 집단적 역사를 풍부하게 늘어놓는다. 『솔로몬의 노래』와 『재즈』는 음악을 바탕으로 끝이 없이 이야기가 반복된다. 음악적 요소가 가득한 두 작품은 재즈와 블루스의 자유롭고도 즉흥적인 특징 때문에 열린 결말을 이룬다. 즉, 끝이 다시 시작이 되는 것이다. 따라서 독자들이 적극적 의미해독에 참여하여 모리슨의 의도를 파악하는 노력을 하여야 한다.

생각해 볼 문제

1) 『재즈』에서 골든 그레이의 존재는 포크너의 『압살롬, 압살롬!』에서 찰스 본을 떠올린다. 혼혈의 묘사에 있어서 흑인작가인 모리슨과 백인작가인 포크너는 어떠한 차이점을 보인다고 생각하는가?

2) 도카스는 조가 쏜 총에 맞은 후 죽어가면서 "단 하나의 사과"(only one apple)라고 의미심장한 말을 하는데 여기서 "사과"의 의미는 무엇인가?

3) 『재즈』의 화자는 여러모로 특이한 화자이다. 화자에 대해서 어떻게 생각하는가? 왜 모리슨은 이러한 화자를 작품에 내세웠는가?

4) 도카스의 친구 펠리스에 대해서 설명해 보라.

5) 『재즈』의 제사(epigraph)는 다음과 같다 : "천둥, 완벽한 정신" 나는 소리의 이름이요. / 이름의 소리이다. / 나는 글자의 표지이며 / 분열의 호칭이다. 이 제사의 의미는 무엇인가?

노예제도의 폐해와 흑인 모성
『빌러비드』와 『자비』

　　『빌러비드』와 『자비』는 노예제도로 인해 운명이 엇갈리는 엄마와 딸의 가슴 아픈 사연을 다룬다는 점에서 유사점이 많은 소설이다. 모리슨은 1987년도 출판된 『빌러비드』에서 남북전쟁 전후의 합법적 노예제도 하의 흑인의 참혹한 삶을 다루었다. 그러다가 다시 2008년도에 『자비』를 통해 역사를 거슬러 올라가 17세기 후반 미국이 노예제도를 제도화하기 전의 시대에 흑인 여자노예가 자신의 딸을 인간적으로 보이는 백인에게 보냄으로써 사악한 노예주로부터 벗어나게 하는 고통스런 모정을 다시 보여준다. 또한 두 작품에서 모리슨은 흑인이 미국 역사 속에서 어떻게 타자화 되어 왔으며, 동시에 백인들의 정신 역시 얼마나 황폐화 되었는가를 보여준다. 그러기 위해서 모리슨은 『빌러비드』에서는 남북전쟁과 같은 잘 알려진 역사적 사건을, 그리고 『자비』에서는 잘 알려지지 않았지만 중요한 사건인 베이컨의 반란(Bacon's Rebellion)을 배경으로 제시한다. 또한 자신이 죽였던 딸이 다시 살아와서 그 엄마가 속죄를 하고, 또 엄마가 자신을 노예주에게 팔았다는 사실에 배신감을 느낀 딸이 엄마를 원망하고, 그 엄마는 어쩔 수 없었음을 고백하는 과정을 통해 흑인 모성의 의미를 생각하게 한다. 따라서 모리슨은 두 작품을 통해서 미국에서 노예제도가 얼마나 비인간적 제도인가를 폭로함과 동시에 흑인 여성들이 겪었던 트라우마를 치유하는 글쓰기를 하고 있다.

『빌러비드』

미국 역사학자들이 "기이한 제도"(peculiar institution)로 칭한 미국 노예제도의 문제점을 고발하는 소설인 『빌러비드』는 1988년도 퓰리처상 수상작이며, 『뉴욕 타임즈』 북 리뷰에서 소설가와 비평가들을 대상으로 지난 25년간 출판된 미국 소설 가운데 가장 훌륭한 소설을 꼽으라는 설문에서 1위로 선정될 정도로 그 문학성을 인정받았다. 아카데미상 수상으로 유명한 감독 조나단 데미(Jonathan Demme)에 의해 모리슨 소설 가운데 유일하게 영화로 제작되기도 했던 『빌러비드』는 1998년 개봉되었는데, 세스의 역할은 오프라 윈프리(Oprah Winfrey)가 맡았으며, 폴 디의 역은 데니 글로버(Danny Glover), 그리고 빌러비드의 역은 샌디 뉴튼(Thandie Newton), 덴버 역은 킴벌리 엘리스(Kimberly Elise)가 맡았다. 플래시백과 의식의 흐름과 같은 기법이 수반된 소설을 영화가 잘 담아내었음에도 불구하고 흥행에는 실패했다. 그 이유는 다른 흑인 영화인 <컬러 퍼플>, <헬프(The Help)>, <노예 12년(Twelve Years a Slave)>, <버틀러> 등에 비해 다루는 내용이 노예제도라는 무거운 주제인데다가 난해한 기법으로 구성되었기 때문이라고 여겨진다.

　모리슨이 이전 소설들을 주로 가족이나 친지들에게 헌정한데 반해,『빌러비드』에서는 "6천만 명 그리고 그 이상의 사람들에게" 헌정한다는 의미심장한 헌사를 소설 시작부분에 쓰고 있다. 여기서 6천만 명은 노예제도와 연관되어 희생된 모든 사람들을 망라하는 것처럼 보인다. 다른 말로 하면, 아프리카 땅에서 노예선으로 강제로 끌려와서 죽은 사람에서부터 노예선 안에서 죽은 사람, 그리고 미국에서 건너와 노예로 살다가 억울하게 죽은 모든 흑인들을 지칭한다. 또한 성경의 로마서에 나오는 "사랑받지 못한 자를 사랑한 자로 부른다"는 제사(epigraph)를 통해 노예제도와 관련하여 죽어간 모든 영혼을 어루만지고 그들의 아픔을 치유하려는 작업을 하고 있음을 보여준다.

　총 3부 28장으로 구성된『빌러비드』는 1부 "124번지는 원한에 사로잡혔다," 2부 "124번지는 시끄러웠다," 3부 "124번지는 조용하였다"로 각각 시작한다. 이러한 구조는 등장인물의 갈등이 서서히 시작되고 갈등이 고조된 후 해소되는 순환적 구조를 의미한다. 서술은 주로 3인칭 시점으로 전개되다가 2부의 20장, 21장, 22장, 23장은 1인칭 시점으로 진행된다. 특히 23장에서 빌러비드(Beloved), 덴버(Denver), 세스(Sethe)의 목소리가 뒤섞이는 독특한 서사를 보여준다. 이는 고통 받은 세 모녀의 결속을 보여줄 뿐만 아니라 독자들과의 공감을 형성하게 해주는 기법이다.

　작품의 시작은 남북전쟁이 끝난 후 1873년 오하이오 주에 딸을 죽인 죄의식에 사로잡혀 있는 전 흑인 노예 세스와 둘째 딸 덴버가 사는 집에 옛 농장 친구 폴 디(Paul D)가 찾아오면서 전개된다. 124번지 블루스톤(124 Bluestone)으로 알려진 그 집에는 유령이 출몰하여 같이 살았던 두 아들도 이미 집을 나간 상태이다. 폴 디의 출현은 세스로 하여금 18년 전에 켄터키 주 스위트홈 노예농장에서 겪었던 참혹한 기억을 불현듯 떠올리게 한다. 그 농장에서는 전 노예주 가너씨(Mr. Garner)가 죽은 후 새로 온 사악한 학교선생(schoolteacher)이라는 노예주에 의해 노예들이 뿔뿔이 흩어지거나 죽거나 폭행을 당한다. 스위트홈 농장의 삶이 너무 힘들어짐에 따라 노예들은 탈출을 감행한다. 세스는 임신한 몸으로 오하이오 강을 건너 백인 여자 에이미 덴버(Amy Denver)의 도움을 받아 시어머니 베이비 석스(Baby Suggs)가 사는 124번지에 무사히 도착해서 아이들과

28일간을 잘 보낸다. 그러나 학교선생 일행은 세스를 잡으러 오는데 바로 그때 세스는 딸이 자신처럼 노예로 살지 않게 하기 위해 죽이게 된다. 감옥에서 나온 후 백인 노예철폐주의자 보드윈 씨(Mr. Bodwin)가 마련해 준 집에 베이비 석스, 두 아들 하워드(Howard)와 뷰글러(Buglar), 덴버와 살던 세스는, 베이비 석스도 죽고 아들도 떠난 후 유령이 출몰하는 그 집에서 이웃으로부터 고립된 채 살고 있는 것이다.

18년 만에 옛 친구 폴 디가 세스를 찾아오고 나서 그들 앞에 한 여자가 등장하는데 그녀가 바로 죽은 딸 빌러비드인 것이다. 빌러비드는 몸은 20세 정도인데 언어 구사능력이나 피부는 두 살 정도의 아이와 같다. 덴버 외에는 아무도 빌러비드를 알아차리지 못하는데, 세스는 나중에서야 빌러비드가 흥얼거리는 노래를 듣고 환생한 자신의 딸임을 깨닫고 지극 정성으로 대해준다. 무심했던 마을 여자들이 세스가 심하게 아프다는 소문을 듣고 124번지 앞에 모여 노래를 부르고 주문을 외우며 도와준다. 그때 덴버를 태우러 온 보드윈 씨를 본 세스는 18년 전의 비인간적인 학교선생으로 착각하고 이번에는 딸을 보호해야겠다는 마음으로 보드윈 씨를 죽이려한다. 마을 여자들이 세스를 제지할 때 빌러비드는 마치 폭발하듯이 사라진다. 세스가 딸을 죽인 사실을 알고 실망해서 떠났던 폴 디도 세스 앞에 다시 나타나고 폴 디와 세스는 새로운 삶을 기약한다.

    난해한 기법으로 쉽게 읽히지 않은 소설임에도 불구하고 『빌러비드』는 독자들을 사로잡는다. 모리슨은 신문기사에서 본 실제 사건인 마가렛 가너의 이야기를 읽고 영감을 받아서 그녀만의 독특한 글쓰기로 승화시켜 『빌러비드』를 탄생시켰다. 모리슨은 최근 코미디 센트럴의 진행자 스티븐 콜베르(Stephen Colbert)와의 인터뷰에서 『빌러비드』를 다시 읽어보니 "정말 잘 썼다"라고 자평한 바가 있다. 실제로 학부 수업인 20세기 미국소설 강좌에서 그 유명한 피츠제럴드의 『위대한 개츠비』와 함께 『빌러비드』를 가르쳐 보면 의외로 학생들이 『빌러비드』를 더 좋아함을 알 수 있는데, 그 이유는 모리슨의 매력적인 글쓰기와 함께 흑인의 한 맺힌 사연이 한국학생들에게 공감을 불러일으키는 부분이 많기 때문이라고 여겨진다.

    엄마에 의해 죽어간 딸 빌러비드의 이야기는 많은 의미를 내포한다. 왜 세스는 딸을 죽였는가? 모리슨은 왜 죽은 딸을 환생시켜 노예이야기를 다시하고 있는가? 스위트홈의 주인이 노예를 동물처럼 대하는 사악한 학교선생으로 바뀐 후 세스는 다른 노예들과 도망을 계획하다가 잡힌다. 세스는 학교선생의 조카들에게 덴버를 임신한 자신의 육체를 유린당하고 아이들을 위한 모유까지 빼앗겼다. 그리고 그녀의 등에는 나무 그림이 그려질 정도로 선명한 소가죽 채찍 자국이 있다. 세스가 젖을 강탈당한 것은 성적 수치심뿐만 아니라 자식들을 위한 생명의 양식을 빼앗긴 데 대한 억울함도 있다. 이를 지켜본 남편 할리(Halle)는 다락에서 미쳐버리게 되고 세스는 그 이유도 모른 채 세월을 보내다가 18년 만에 폴 디를 만나서 진상을 알게 된다. 이러한 세스는 도망에 성공하여 오하이오 124번지에 도착한 후 두 아들과 두 딸과 28일을 잘 보냈다. 그런 상황에서 학교선생 일행이 나타났을 때 갑자기 딸을 죽이는 유아 살해(infanticide)를 범한 것이다.

물론 세스의 유아 살해는 엄마의 딸에 대한 사랑이 지나쳐서 파괴적으로 나타난 측면이 있다. 세스의 사랑은 자식에게 제대로 된 사랑을 줄 수 없고 받아본 적이 없는 상황에서 나타나는 사랑이다. 환언하면 세스는 노예제도 하에서 사랑을 제대로 받아본 적이 없었기 때문에 자신의 딸에게 주는 사랑이 소유욕으로 나타날 수도 있다. 이는 마치 노예주가 흑인 노예를 마음대로 하듯이 자신의 딸을 자기 의지대로 해 버린 것이기도 하다. 사실, 엄마가 자식을 죽이는 것은 어떠한 상황에서도 용납될 수가 없다. 엄마가 자식이 살아갈 세상이 자신의 삶과 똑같이 고통스러울 것이라고 단정하기 힘들기 때문이다.

그럼에도 불구하고 세스가 딸을 죽인 것은 이기적인 것이라기보다는 가장 순수하고도 급박한 마음의 발로이다. 세스가 그녀의 "최고의 것"(best thing)인 딸을 죽일 때의 심정은 폴 디로서는 이해할 수가 없는 모정의 문제이다. 세스는 노예주가 다시 잡으러 왔을 때 자신처럼 딸이 노예제도의 희생자가 된다는 것을 용납할 수 없었던 것이다. 세스는 그래서 18년 만에 만난 폴 디가 세스의 유아 살해를 알아차리고 실망하며 "세스, 당신은 발이 네 개가 아니라 두 개야"(165)라는 말에 대해, 그녀의 행동이 옳았고 그래서 아이들이 더 이상 학교선생 밑에 있지 않다고 말하며, 그녀의 사랑은 "옅은 사랑"(thin love)이 아니라 "진한 사랑"(thick love)이라고 주장한다. 모리슨은 한 인터뷰에서 세스의 결정을 고귀하다고 말하기도 하고, 또 세스의 행동을 옳은 일이라고 말하지만 사실 세스에게 아이를 죽일 권리는 없다고 말한다. 그럼에도 불구하고 모리슨이 마가렛 가너의 실제 이야기를 바탕으로 세스의 유아 살해를 보여주는 것은 노예제도의 폐해와 참혹성을 반증하기 위함이다.

빌러비드와 세스의 끈끈한 사랑은 "뜨거운 것"(a hot thing)으로 소개된다. 22장은 빌러비드가 "나는 빌러비드다 그리고 그녀는 나의 것이다"(210)라는 문장으로 시작하며 "뜨거운 것"을 여러 번 언급한다. "뜨거운 것"은 엄마와 딸의 유대감을 집약적으로 표현한 말로서 딸과 엄마가 서로 연결되고자 하는 욕망을 드러내는 말이다. 22장 빌러비드의 독백에서는 노예선에서 백인선원에 의해서 고통 받는 흑인 여성들의 비참함이 극명하게 나타난다. 노예선에서의 흑인들의 고통은 스티븐 스필버그(Stephen Spielberg)의 영화 <아미스타드(Amistad)>에서의 장면을 연상시킨다. 빌러비드는 단순히 죽은 딸의 존재를 넘어서서 이름 없이 죽어간 모든 흑인 여성을 상징한다. 그러므로 빌러비드의 독백은 엄마에 의해 죽은 딸의 존재를 초월하여 아프리카 땅에서 대서양을 건너오다가 선상에서 죽을 고비를 당하거나 죽어간 모든 흑인 여성을 대변하는 것이다. 모리슨은 이렇게 셀 수 없이 많은 흑인 희생자들을 애도하고 그들의 고통을 치유하기 위해 빌러비드라는 노예의 딸을 등장시키는 것이다.

모리슨은 19세기 후반기의 미국 노예제도의 비참함을 다루고 희생된 여성들을 다루지만 '재기억'(rememory)을 통해 노예무역의 희생자들의 고통을 독자들에게 느끼게 해준다. '재기억'이란 기억하려 하지 않아도 불현듯 떠오르는 기억으로 과거의 아픈 기억이 다시 나타나는 것을 의미한다. 또한 재기억은 파편화된 기억들이 하나하나 정돈되어 새로운 기억이 되는 것을 의미할 수도 있다. 세스는 폴 디가 나타난 후 그로 인해 그동안 억압된 스위트홈의 기억을 불현듯 떠올린다. 또한 세스는 빌러비드와의 질문과 응답의 과정을 통해 과거의 기억들이 새롭게 정리가 되기도 한다. 악몽과 같은 과거의 기억을 다시 되돌리고 싶지 않지만 폴 디와 빌러비드의 등장은 세스로 하여금 과거를 다시 접하게 만든 것이다.

『빌러비드』에서 세스의 모정이 느껴지는 경우 중 하나는 죽은 빌러비드를 묻고 묘지에 묘비명을 세울 때이다. 세스는 죽은 딸의 묘비명을 세우고 싶은데 돈이 없기 때문에 석공과 10분의 정사를 하는 대가로 beloved의 일곱 글자를 새겼다고

안타깝게 말한다. 또한 나중에 고백하는 장에서는 그녀 역시
빌러비드와 함께 무덤에 들어가려고 했으나 남은 자식들 때
문에 그러지 못했다며 어쩔 수 없었음을 토로한다. 그러나 빌
러비드는 세스의 이런 마음을 이해하지 못하고 오히려 원망
한다. 빌러비드는 세스에게 배신감과 섭섭함을 다음과 같이
표현한다 :

> 그녀를 세 번이나 잃어버렸다. 한 번은 시끄러운 총의
> 연막 때문에 꽃을 따던 어머니를 잃었고 한 번은 나를 보
> 고 웃어주지 않고 물속으로 뛰어 들어가 버렸기 때문에
> 잃어버렸고, 한 번은 다리 밑에서 그녀와 하나가 되려고
> 다가갔는데 그녀가 내게 다가왔고 웃음을 보이지 않았
> 다.(214)

빌러비드는 지속적으로 세스에게 질문을 던진다. 다이아몬
드의 행방에 대해서 묻기도 하고, 또 세스의 엄마가 빗질을
해 주었는지 물어본다. 이러한 질문에 대한 답을 구하기 위해
세스는 점차 과거를 기억하게 된다. 다이아몬드는 세스가 탈
출하여 오하이오 124번지에 도착했을 때 28일 동안 아이들과
자유로운 시간을 보내고 있을 때 "벌써 기나?"(crawling already?)
로 명명된 첫째 딸 빌러비드에게 흔들어주던 크리스털로 만든
귀걸이를 말한다. 또한 세스의 엄마는 아프리카에서 미국 땅

으로 끌려와 하루 종일 일만 하느라 세스를 돌볼 여가가 없었다. 따라서 세스는 엄마의 젖도 제대로 먹지 못했고 엄마가 머리를 만져주거나 관심을 받았던 기억이 없다.

빌러비드는 엄마 세스에게 지속적으로 애착을 가지는 아이와 같은데 세스와 연인관계가 된 폴 디를 떨어지게 하기 위해서 그를 유혹해서 관계를 가지기까지 한다. 그렇게 해서 폴 디로 하여금 죄의식으로 인해 세스를 떠나게 만들고 자신이 세스의 사랑을 독점하려 한다.

폴 디의 제안으로 카니발을 구경하고 돌아왔을 때 집의 나무 그루터기에 기대있는 빌러비드를 보고 세스는 긴 시간 동안 소변을 보게 되는데 이것은 덴버를 출산할 때 배 위에서 양수가 터졌듯이 그녀의 아이가 돌아온 것을 의미한다. 그러나 세스는 죽은 딸 빌러비드가 살아 돌아 왔다는 것을 즉각적으로 인식하지 못한다. 세스는 처음에는 빌러비드를 몰라보다가 나중에 빌러비드가 그녀가 지은 노래를 부르는 모습을 보고 돌아온 딸임을 확신한다. 세스는 그 후 다니던 일터에도 나가지 않고, 사람도 만나지 않으며 오로지 집에서 빌러비드와 지낸다. 세스가 빌러비드를 육화된 딸로서 인식한 후 자신의 행동을 딸에게 해명하고, 속죄하고, 최선을 다해서 잘 대해주자 빌러비드는 점차 이해하게 되고 변화한다. 이제 빌러비드는 몸이 커지고 세스는 오히려 몸이 쇠약해진다. 이런 상황을 지켜보던 덴버는 바깥 세상에 도움을 청하러 나가 가정을 살리는 가장의 역할을 한다. 덴버는 주일 학교 선생인 레이디 존스(Lady Jones)를 만나서 도움을 요청하는데, 레이디 존스는 비인간적인 노예주 학교선생과 달리 흑인들의 정체성을 위해서 애쓰는 물라토 여인이다.

이 작품에서 또 다른 중요 인물은 세스의 시어머니 베이비 석스이다. 베이비 석스는 자신의 몸이 으스러질 정도로 엉망이 되어도 다른 흑인들을 위해 봉사하는 마을의 정신적 지도자이다. 그녀는 자신이 낳은 여덟 명의 자식이 모두 죽거나 팔려나갔으며, 특히 효자인 막내 할리는 세스가 폭행당하는 것을 본 후 미쳐서 행방불명이 되었다. 베이비 석스는 여러 주인에게 팔려나가다 보니 자신의 본래 이름이 망각될 정도인데, 그래도 그녀는 주인이 지어준 이름인 제니 위트로우(Jenny Whitlow)를 쓰지 않고 남편이 지어준 베이비 석스를 유지하고 있다. 그 이유는 남편과 언젠가 만날 수 있다는 희망을 가지고 있기 때문이다. 이것은 마치 알렉스 헤일리(Alex Haley)의 『뿌리(Roots)』에서 쿤타 킨테(Kunta Kinte)가 주인이 지어준 토비(Toby)라는 이름을 거부하고 아프리카 이름을 가지려고 하는 것을 연상시킨다. 흑인들에게 자긍심과 연대감을 강조하며 흑인의 몸을 사랑하라고 하는 베이비 석스는 마을 흑인들을 공터에 모아놓고 다음과 같이 설교한다.

"사랑하세요. 육신을 열심히 사랑하세요. 저기 바깥에

서 저들은 여러분의 육신을 사랑하지 않습니다. 그들은 여러분의 육신을 경멸하지요… 여러분의 두 손을 사랑하세요! 사랑하세요."(88)

그녀는 또한 흑인여성의 성적 욕망에 대해서도 중시하는데, 흑인여성 스스로의 성적쾌락을 금기시하는 시대적 풍토에 대해서 "항상 나의 몸에 귀 기울이고 몸을 사랑해야 한다"(209)라고 주장한다. 이렇게 노예이지만 자신의 주장이 강한 베이비 석스는 치명적인 실수를 저지르는데, 그것은 덴버가 살아온 것을 축하하기 위해 스템 페이드(Stamp Paid)가 딸기를 따서 선물하자 동네 사람들을 위한 잔치를 준비하다가 그만 그 잔치가 너무 성대하게 된 것이다. 이 성대함이 마을 사람들의 질투를 불러일으켜 학교선생이 세스를 잡으러 왔을 때 마을 사람들이 미리 알려주지 않아서 비극이 일어난 것이다. 손녀가 죽은 것이 자신의 탓이라고 생각하는 베이비 석스는 나중에 색채의 탐미에만 빠져 무기력하게 지내다가 죽어간다.

『빌러비드』에서 가장 극적인 장면은 30명의 흑인 여인들이 세스를 구하기 위해 124번지 앞에 모였을 때이다. 엘라(Ella)를 중심으로 세스의 처지를 이해하고 귀신을 쫓아내기 위해 모인 여인들의 모습에서 아직 흑인 공동체가 끈끈한 연대감을 잃지 않았음을 보여준다. 세스는 18년 전과 다르게 행동하는데, 이번에는 자신의 과거의 트라우마와 악몽에서 벗어나는 방법으로 학교선생처럼 보이는 보드윈 씨를 해치려고 한다.

흑인 공동체는 초기에는 무관심과 질투로 세스에게 도움을 주지 않았지만 이와 같이 세스에게 도움의 손길을 전함으로써 124번지의 구성원들과 서로 소통하고 화해한다. 여기서 엘라는 세스를 싫어했지만 과거가 사람을 꼼짝 못하게 하면 안 된다고 생각해서 세스를 도와준다. 엘라는 자신의 아픈 과거에도 불구하고 어려움에 빠진 마을 여자를 자발적으로 도와준다는 점에 있어서 『고향』에서 프랭크의 아픈 여동생 씨(Cee)를 도와주는 에셀 포담 부인(Miss Ethel Fordham)을 떠올리게 한다.

모리슨은 『빌러비드』에서 백인들이 노예제도를 운영하면서 스스로 정신이 황폐화하고 있음을 잘 보여준다. 학교선생은 선생임에도 불구하고 흑인노예를 인간적 특성과 동물적 특성으로 구분해서 기록하라고 조카들에게 지시할 만큼 비인간적 사람이다. 또한 엘라를 성폭행한 백인 노예주 부자(父子) 역시 인간으로서 하기 힘든 일을 저지른다. 그리고 스탬 페이드의 아내 바슈티(Vashti)는 노예주의 아들에게 끌려가서 성폭행을 당한 후 버려져서 결국 죽는 비운의 여인이다. 이렇게 세스, 엘라, 바슈티는 노예제도의 희생자들이며 이들을 유린한 백인 노예주는 성적인 만족을 멈출 수 없는 잔혹한 사람들인 것이다. 이러한 사례는 최근 영화 <노예 12년>에도 나타나는데, 백인 아내가 싫어하는데도 흑인 여자 노예를 계속해서 성적으로 유린하는 백인 노예주의 모습을 통해 노예제도가 얼마나 인간을 황폐화시키는 제도였는가를 잘 알 수 있다.

한편, 『빌러비드』에서 선한 백인으로 노예제 철폐론자 보드윈과 세스의 출산을 도와주는 에이미 덴버를 들 수 있다. 보드윈은 다른 백인들로부터 "표백된 흑인"(260)이라고 불려질 정도로 흑인들을 위해 힘을 쏟는 인물이다. 에이미는 자신도 처지가 가난하지만 보스톤으로 벨벳을 구하러 가는 길에 세스를 만나 처음에는 경계를 하다가 점차 관심을 가지고 아이의 출산까지도 적극적으로 도와준다. 세스는 고마움의 표현으로 둘째 딸의 이름을 에이미 덴버의 이름을 따서 짓는다. 이것은 모리슨이 흑백의 문제를 해결하는 데 있어서 흑인과 백인의 대결보다는 화해를 모색하고 지향하는 태도를 보여주는 것이라 하겠다.

모리슨은 『빌러비드』의 마지막 장인 28장에서 기억의 문제와 망각의 문제를 다시 생각하게 한다. 흑인들에게 노예제도는 잊어서는 안 되는 슬픈 역사이다. 하지만 빌러비드가 세스와 마을 사람들에 의해서 시간이 가면 잊혀 지듯이 노예제도도 그동안 잊혀져왔고 앞으로도 잊혀 질 것이다. 모리슨은 마지막 장에서 "이것은 전승되어서는 안 되는 이야기이다"(274–75)라고 세 번을 강조한다. 여기서 전승은 "pass on"으로 표기되는데 "pass on"은 "전승하다"라는 의미와 "그냥 지나치다"라는 의미를 동시에 가진다. 즉, 빌러비드의 이야기는 너무 고통스러워서 전승해서는 안 될 이야기 일 수도 있지만 또한 스치고 지나가서도 안 될 이야기인 것이다. 따라서 모리슨은 이 소설을 통해서 독자들로 하여금 노예제도를 결코 잊지 말고 앞으로 그러한 역사적 과오를 반복해서는 안 된다는 교훈을 주고 있는 것이다.

생각해 볼 문제

1) 이 소설에서 덴버는 마지막에 오벌린(Oberlin) 대학교에 가려고 하는 등 신여성으로 거듭난다. 이 소설에서 덴버의 역할에 대해서 논하라.

2) 혼혈인 여성 레이디 존스는 백인행세(passing)를 할 수 있지만 당당하게 흑인으로 주일학교를 열어 흑인 학생들을 가르친다. 레이디 존스를 다른 소설의 혼혈인 여성 —『가장 푸른 눈』의 제럴딘과 『파라다이스』의 펫 베스트 — 들과 비교해 보라.

3) 폴 디는 스위트홈에서 도망친 후 조지아의 알프레드 수용소, 그리고 남북 전쟁에서 남군으로 혹은 북군으로 참여하며 고난의 삶을 살았다. 폴 디의 이동 경로와 그의 활동을 자세히 설명해 보라.

4) 이 소설에서 백인 남성으로 스위트홈의 전 노예주 가너 씨, 그리고 소유권을 넘겨받은 학교선생, 그리고 노예제 철폐론자이며 퀘이커 교도인 보드윈 씨가 등장한다. 미국 노예제도를 바라보는 이 세 백인의 삶의 철학을 비교해 보라.

5) 『빌러비드』는 19세기 노예들의 자서전을 다루는 노예서사(slave narrative)와 유사하게 노예제의 탈출과 자유를 다룬다는 점에서 신노예서사(Neo-slave narrative)라고 불리기도 한다. 프레더릭 더글러스(Frederick Douglass)와 해리엇 제이콥스(Harriet Jacobs)의 노예서사와 신노예서사로 알려진 『빌러비드』와 게일 존스의 『코리기도라(Corregidora)』를 비교해 보라.

『자비』

2008년도에 출간된 모리슨의 아홉 번째 소설 『자비』는 167페이지의 짧은 소설이지만 고도로 농축된 언어로 구성된 난해한 소설이다. 『빌러비드』와 유사하게 노예제도와 모성의 문제가 두드러지게 그려지고 있는 『자비』에서 모리슨은 노예제도의 문제점을 원론적으로 다시 생각하게 하기 위해 미국 노예제도가 제도적으로 생겨나기도 전인 17세기 말로 소설의 배경을 옮겨놓는다. 즉, 작품의 시간적 배경은 미국이 국가로서 체계를 갖추기 이전인 1690년대이고, 공간적 배경은 미국 동부 메릴랜드와 버지니아 지역으로 아직 문명화되기 전의 황무지이다. 여기서는 인간성이 좋지 않은 백인이 운영하는 메릴랜드 담배농장에서 힘든 노동을 하는 흑인 여자 미나 매(minha mãe)가 어린 딸 플로렌스(Florens)를 나은 환경으로 보내고자 하는 흑인여성의 모정이 잘 그려지고 있다. 다시 말해, 『빌러비드』에서 딸을 노예로 살게 하지 않기 위해 죽이는 것과는 달리 『자비』에서는 딸을 사악한 포르투갈 출신 노예주 도르테가(D'Ortega)의 손에서 벗어나 인간적인 사람으로 여겨지는 제이콥 바크(Jacob Vaark)의 집으로 보내는 것이다. 밀턴(Milton)이라고 불리는 바크의 대저택에는 런던에서 건너온 그의 부인 레베카(Rebekka)와 인디언 여자 리나(Lina), 혼혈인 여자 소로우(Sorrow), 백인 남자 계약노예 두 명이 살고 있다.

모두 12장으로 구성된 『자비』에서 홀수 장은 주인공 플로렌스가 하는 이야기이고 짝수 장은 3인칭 시점으로 전달된다. 그리고 마지막 12장은 엄마 미나 매가 들려주는 이야기이다. 1장에서 플로렌스는 "두려워하지 마세요. 내가 그렇게 한 일에도 불구하고 내 이야기는 당신을 해치지 않을 거예요"(3)라고 말하며 독자로 하여금 "당신"이 누구인지 궁금하게 한다. 시간적 배경을 1690년이라고 밝히고, 주요 등장인물인 미나 매, 리나, 소로우, 도르테가 등을 언급하고 있지만 구체적으로 무슨 내용이 전개되고 있는지 알기가 쉽지 않다. 2장에서는 3인 칭 서술로 바크가 어떻게 재산을 모으게 되었는지, 미나 매가 왜 바크에게 플로렌스를 맡기게 되었는지에 대해서 설명한다. 또한 역사적 사건인 베이컨의 반란과 이 사건 이후 신대륙에 서 흑인에 대한 처우가 어떻게 달라졌는지 설명한다. 3장에서 는 플로렌스가 흑인 자유노예인 대장장이(blacksmith)에게 하는 이야기로 주인 바크가 대저택을 완성하기 전에 병으로 죽게 된 이야기와 부인 레베카도 천연두에 걸리자 플로렌스가 약 초를 구하러 떠나는 이야기이다.

4장에서는 리나로 알려진 메살리나(Messalina)에 대한 이야 기가 주를 이룬다. 인디언으로서 어떻게 이곳에 오게 되었는 지, 왜 소로우와 사이가 좋지 않은지, 어떻게 플로렌스에게 엄마와 같은 역할을 하고 있는지에 대해서 이야기 한다. 또한 백인 계약 노예 윌러드(Willard)와 스컬리(Skully)에 대해서도 이 야기한다. 5장에서는 대장장이를 찾아나서는 플로렌스의 여정 이 설명된다. 6장에서는 레베카가 미국 땅에 오게 된 과정과 레베카와 리나가 친하게 되는 내용이 그려진다.

7장에서는 플로렌스가 대장장이를 찾아 나서다가 배가 고 파 위도우 일링(Widow Ealing)이라는 백인 여자의 집에 갔다가 동네 사람들로부터 마녀로 오해받아 서러움을 겪는 내용이 소개된다. 8장은 소로우에 대한 이야기로 두 번 다 강간에 의해서 아이를 낳은 소로우가 플로렌스와 대장장이의 자유로운 성행위를 보고 부러워한다. 소로우는 둘째 아이를 출산하고 자신의 이름을 컴플리트(Complete)로 바꾼다. 레베카는 남편이 죽은 뒤 같이 지냈던 여자들을 멀리하고 혼자 종교에 심취한다. 9장에서는 플로렌스가 대장장이 집에서 그가 데리고 사는 고아 말라익(Malaik)을 때린 후 대장장이에게 혼이 나고 그로부터 노예근성에서 벗어나라는 충고를 듣는다.

10장에서는 윌러드와 스컬리의 이야기가 좀 더 자세하게 전개된다. 11장에서는 플로렌스가 대장장이에게 하는 이야기로 플로렌스는 바크의 대저택 마루와 벽에 자신의 이야기를 글로 쓴다. 12장에서는 미나 매가 아프리카 땅에서 포획되어 중간항로(Middle Passage)를 통해 바베이도스(Barbados)를 거친 후 미국 동부 버지니아와 메릴랜드에 팔려온 이야기가 전개된다. 그리고 왜 미나 매가 딸 플로렌스를 사악한 노예주로부터 더 인간적으로 보이는 바크에게 넘겼는가를 설명하며 자신을 이해해 달라고 한다.

모리슨은 『자비』에서 1676년에 발생했던 중요한 역사적 사건인 베이컨의 반란을 설명하며 이 사건 이후 백인들이 흑인들을 인종이라는 이름으로 억압하고 흑인과 백인을 분리함으로써 흑인을 영구적으로 노예화시킨 계기가 되었다고 주장한다. 즉, 베이컨의 반란 이후 흑인에 대한 백인의 시각이 확연히 달라지는데, 모리슨은 『자비』에서 베이컨의 반란 이후 변화된 노예제에 대해서 다음과 같이 설명한다.

> 6년 전 흑인들, 원주민들, 백인들, 물라토들 — 자유민
> 들, 노예들, 계약하인들 — 은 지역의 바로 젠트리 계급
> 구성원들의 지휘 하에 지역 젠트리 계급에 대항하는 전
> 쟁을 일으켰다. 그 "인민의 전쟁"이 교수형 집행자 때문
> 에 희망을 잃었을 때 그것이 수행했던 작업은 … 질서의
> 보호 속에서 혼란에 권위를 부여하는 새로운 법들이 덤
> 불처럼 생겨났다. 노예해방, 집회, 여행, 그리고 단지 흑
> 인의 무기소유를 제거함으로써, 또 백인이 어떠한 이유에
> 서라도 어떤 흑인이라도 죽일 수 있는 권한을 인정함으
> 로써, 또 노예주들이 노예의 사지를 절단하거나 죽이는
> 것을 보호함으로써, 그들은 모든 백인을 모든 타자들로부
> 터 영원히 분리하고 보호하였다.(10)

"인민의 전쟁"은 흑인, 원주민을 포함한 평민을 위한 전쟁
이 아니었고, 오히려 흑인을 배제하게 된 전쟁이 되었다. 환
언하면, 베이컨의 반란 이전만 하더라도 흑인과 백인 사이에
는 인종에 의한 차별이라기보다는 신분차이, 즉 계급에 의한
차별이 있었다. 그러나 베이컨의 반란 이후 흑인들은 노예로
굳어지고, 대상화되고, 타자화되는 계기가 되었고 그때부터
합법적인 인종차별이 시작되었다.

『빌러비드』에서 환생한 빌러비드를 통해 아프리카 흑인들

이 아프리카에서 끌려오며 희생되는 과정이 묘사되듯이, 『자비』에서도 노예무역이 구체적으로 다루어지고, 또 미나 매의 재기억으로 생생하게 제시되기도 한다. 미나 매는 자신이 어떻게 해서 고향 앙골라에서 납치되어 대서양을 건너 미국 담배농장으로 끌려왔는가를 설명한다. 미나 매의 경험은 『빌러비드』에서 세스의 독백에서 나오는 백인들이 행한 아프리카 흑인들의 납치 장면을 떠올리게 한다. 『빌러비드』의 23장에서 세스, 덴버, 빌러비드가 함께하는 독백에서 "나는 빌러비드이다. 그리고 그녀는 나의 것이다. 세스는 웅크리기 전에 그 곳에서 노란 꽃을 따던 사람이었다"(214)라고 했듯이, 『자비』에서 미나 매도 아프리카 땅에서 끌려왔으며, 배 위에서 우리(pen)와 짐칸(hold)에서 고통 받은 이야기를 전한다. 이는 마치 『빌러비드』에서 중간항로를 건너는 흑인들이 배를 타고 오면서 목이 말라 백인 선원의 오줌을 먹는다든지 흑인들이 짐칸과 갑판에서 숨이 막히는 것을 묘사하는 "뜨거운 것"(hot thing)을 연상시킨다. 이와 같이 "뜨거운 것"은 딸과 엄마의 유대를 의미하는 것 외에도 육체적으로 힘든 상황도 의미하는데, 미나 매는 사탕수수 농장에서 뜨거운 햇빛과 싸우며 일하다가 도르테가에 의해 구매되어 그의 담배농장으로 팔려왔다. 낮에는 노동력을 착취당하고 밤에는 성적 착취를 당하던 미나 매는 노예무역과 노예제도의 피해자로 그 고통을 평생 안고 살아간다.

자신이 백인 남성들의 성적 욕망의 희생자였기 때문에 자신의 딸에게는 그런 상처를 주지 않기 위해 노력하는 미나 매는 플로렌스를 사악한 도르테가로부터 어떻게 해서든지 벗어나게 한다. 바크가 미나 매의 소원에 답하듯 딸을 거두어 준 것을 미나 매는 자비라고 여긴다 : "그것은 신에 의해 주어진 기적은 아니었다. 그것은 인간에 의해 베풀어진 자비였다"(166-67). 이와 같이 미나 매는 소설 마지막 장에서 그녀의 처지를 상세하게 드러내고 플로렌스에게도 말을 건넴으로써 플로렌스와 그녀 자신의 상처를 드러내고 치유하려 한다. 달리 말하면, 모리슨은 마지막 장에서 미나 매에게 목소리를 부여하여 흑인 모성의 특수성과 보편성을 독자들로 하여금 느끼게 해준다. 미나 매는 딸을 다른 백인에게 보낸 것을 이해해 달라고 한다 : "오 플로렌스. 나의 사랑. 네 엄마 말을 들어다오"(167). 이와 함께 "네 자신의 소유권을 남에게 넘기는 것은 나쁜 짓"(167)이라고 말하며 자신의 몸을 잘 지키라고 강조한다. 이것은 앞서 플로렌스와 사랑을 했던 대장장이가 플로렌스에게 노예근성에서 벗어나서 자존감을 지키라는 충고와 일맥상통한다.

모리슨은 『자비』에서 여성들이 얼마나 빈번하게 남성들의 성폭행의 위험 하에 놓여 있는가를 명백히 보여준다. 『빌러비드』에서 선상에서 백인 선원으로부터 성폭행 당한 세스의 엄마, 학교 선생의 조카로부터 몸을 유린당한 세스, 노예주 부자(父子)로부터 성폭행 당한 엘라, 그리고 노예주 아들에게 끌려가 몸을 유린당한 스템 페이드 아내 바쉬티의 고통처럼, 『자비』에서도 미나 매 외에도 리나와 소로우가 당한 고통을 통해 당시 취약한 여성의 처지를 잘 보여준다. 리나는 종교인에 의해 성폭행과 빈번한 폭행까지 당한 아픔이 있다. 마찬가지로 소로우도 아버지를 잃고 백인들에 의해 성폭행을 당해 아이를 낳았다.

미나 매가 딸 플로렌스에게 보여주는 모성 외에 밀턴 대저택에 사는 다른 여성들이 보여주는 모성도 살펴볼 만하다. 소로우는 선장인 아버지가 죽고 혼자 살아남아 정신적 충격이 큰 여성인데 운 좋게 살아남아서 바크 집에 온다. 그녀는 두 번의 출산을 모두 원하지 않은 관계로부터 하게 되었는데, 한 번은 톱질꾼 아들과의 관계였고, 또 다른 한번은 재세례파(Anabaptist) 집사와의 관계였다. 첫 번째 아이는 리나의 질투로 인해 강보에 싸여져 개울로 떠나보냈다. 두 번째 집사와의 사이에서 생긴 아이는 윌러드와 스컬리의 도움도 거절하고 혼자 낳는다. 『빌러비드』에서 성폭행으로 아이를 낳은 엘라가 충격으로 아이가 싫어져서 죽게 하는 경우와 달리, 소로우는 둘째 아이를 혼자 힘으로 출산하고는 자신의 이름을 컴플리트로 변경한 후 새로운 출발을 한다. 그러자 그때까지 자기 주위를 맴도는 유령과도 같은 트윈(Twin)도 사라진다. 이는 소로우가 모성의 소중함을 인식하고 자신의 정체성을 회복하였음을 보여준다.

인디언인 리나는 플로렌스의 대리 엄마라 할 정도로 플로렌스에게 애정을 보인다. 레베카보다 먼저 바크 집에 온 리나는 백인이 가져온 천연두 때문에 인디언 부족이 절멸하여 충격 속에 있고, 그 후 백인에 의한 성폭행과 연이은 폭행으로 만신창이가 되어 있지만 인종이 다른 플로렌스를 딸처럼 보살펴준다. 그녀는 플로렌스가 대장장이를 지나치게 좋아하자 너무 빠지지 말라고 충고하기도 한다. 리나는 플로렌스에게 여행자와 암독수리의 대결에 대한 이야기를 들려주는데, 여행자가 독수리 둥지를 부수려 할 때, 리나는 "알은 스스로 부화한다"(63)라고 말하며 플로렌스에게 자생력과 용기를 불어넣어 준다.

『빌러비드』에서처럼 『자비』에서도 모리슨은 백인들이 노예무역과 노예제도를 운영하면서 자신들의 정신이 황폐화됨을 드러낸다. 도르테가와 바크의 재산축적과정은 아프리카 식민지 개척의 백인 식민주의자들을 떠오르게 하는데, 바크의 죽음은 영국 소설가 조셉 콘래드(Joseph Conrad)의 『암흑의 핵심 (*Heart of Darkness*)』에 나오는 식민주의자 커츠(Kurtz)를 연상시킨다. 커츠가 아프리카에서 상아수집과 같은 돈벌이에 빠졌다가 병으로 죽어가듯이, 도르테가와 바크 역시 식민지에서 욕심을 부리다 비극을 맞이하기 때문이다. 바크는 『타르 베이비』의 부자 발레리언과는 다르게 고아이며 얼굴을 모르는 삼촌으로부터 120에이커의 땅을 물려받은 사람이었다. 결혼 당시에는

"농부가 되는 것에 만족"(44)한다고 했지만 도르테가의 농장을 방문한 후 재물에 대한 탐욕에 사로잡혀 자신도 멋진 대문을 갖춘 대저택을 지으려고 한다. 그는 점차 욕심이 지나치게 되어 세 번째 집을 지으려 하다가 천연두에 걸려서 죽게 된다. 도르테가에 비해 상대적으로 선한 백인인 바크는 어떤 면에서는 『타르 베이비』의 발레리언처럼 '순진함의 죄'를 가지고 있으며 자신이 무엇을 잘못하는지를 모르고 있다. 이는 마치 『빌러비드』에서 가너 부부가 사악한 노예주는 아닐지라도 노예제도를 내면화하였기 때문에 흑인노예들에게 완전한 자유는 제공하지 않는 한계를 보이는 것과 다르지 않다고 하겠다. 바크가 자신의 순수한 꿈을 지키지 못하고 탐욕에 빠져 죽은 백인이라면, 도르테가는 『빌러비드』의 학교선생처럼 노예시장에서 이윤을 추구하는 악덕 백인이라고 할 수 있다.

백인으로서 신대륙에서 자신의 정신이 황폐하게 되는 또 다른 사람으로 레베카를 들 수 있다. 레베카는 가난한 런던 출신 여자로 결혼을 통해 신분을 상승시키기 위해 신대륙으로 왔다. 하지만 남편이 죽은 후 남아 있는 다른 종족 여성들 —리나, 소로우, 플로렌스—과 잘 지내지 못하고 재세례파 교리에만 빠져들면서 타자와 소통이 부재하여 소외되고 결국 자신의 정신도 황폐하게 된다. 자신의 정체성을 백인으로 그리고 기독교도로 자리매김한 레베카는 같이 친하게 지내던 여자들을 차별하게 되는데, 그녀는 소로우를 폭행하고, 리나의

해먹을 끌어내리고, 플로렌스를 팔려한다. 『빌러비드』에서 가너 씨가 죽고 농장이 학교선생의 손으로 넘어간 후 스위트홈이 결코 달콤하고 편안한 곳이 아니듯이, 『자비』에서도 바크가 에덴동산으로 꿈꾼 대저택 밀턴 역시 그가 죽고 레베카가 주인이 된 후에는 삭막한 곳으로 변화하였다.

노예제도는 시간이 갈수록 더 조직적이고도 비인간적인 체제로 변질되어 모녀의 정을 끊게 만들었다. 즉, 백인 노예주가 이윤을 더 많이 발생시키기 위해서 여자 노예들로 하여금 자식을 더 많이 낳게 하거나, 필요에 따라서 자식을 다른 곳에 팔아치움으로써 부모와 자식의 관계를 단절시키는 일을 다반사로 하였기 때문이다. 그러한 비인간적인 제도 속에서 흑인 여성은 불가피하게 자식을 죽이거나 의도적으로 다른 곳에 보내기도 하는 행동을 하게 된다. 『빌러비드』에서 빌러비드가 자신을 죽인 엄마 세스에 대한 섭섭함을 하소연하고 이에 대해 엄마가 딸에게 속죄하는 내용이 마지막에 나타나듯이, 『자비』에서도 플로렌스가 엄마에게 서운함을 표현하고 이에 대해 미나 매는 딸에게 자신의 행동을 정당화하는 이야기를 한다. 하지만 『빌러비드』에서 빌러비드가 엄마와 다시 만나 함께 지내면서 상호 소통을 이루며 딸이 엄마를 어느 정도 이해한 후 떠나는 것과 달리, 『자비』에서는 혼자 남게 된 플로렌스는 자신의 이야기만 할 뿐 헤어진 엄마와 소통을 이루지 못한다.

자신이 흑인이기 때문에 청교도들의 마녀사냥의 희생물이 되었을 뿐만 아니라 더 크게는 엄마와 애인으로부터 버려졌다는 좌절감을 가진 플로렌스는 바크의 대저택에 몰래 들어가 마치 "다락방의 미친 여자"에서 벗어나서 "적극적인 괴물"(active monster)이 되어 자신의 마음을 글로 남긴다. 그녀의 글은 마루와 천장을 덮게 되는데, 첫 장의 "내 이야기는 당신을 해치지 않을 거예요"(3)는 바로 플로렌스가 자신의 사랑을 받아들여주지 않은 대장장이에게 하는 말이다. 플로렌스는 비록 가부장제이자 인종차별적 사회인 17세기의 여성이지만 자신의 의지대로 사랑을 하고 침묵에서 벗어나 자신이 하고 싶은 글을 쓰고 남긴다는 점에 있어서 해방의 여자라고 할 수 있다. 그런 점에서 주인 바크가 죽은 후 덩그러니 남은 대저택의 벽과 바닥에 자신이 하고 싶은 말을 글로 쓰는 것은 일종의 치유작업이며, 이와 같은 과정을 통해서 그녀는 더 강인해진다. 그러나 플로렌스가 사랑했던 대장장이에게 글로써 소통하려는 이와 같은 노력이 대장장이에게 얼마나 전달될지는 알 수가 없다.

이와 같이 모리슨은 『자비』에서 노예제도의 기원을 독자들에게 새롭게 인식시키면서 백인 중심의 미국사회가 건설되는데에는 인디언 여성과 흑인 여성의 희생이 크다는 사실을 반증하고 있다. 그리고 『빌러비드』와 마찬가지로 『자비』에서도 노예제도 속에 흑인 모성의 문제가 독자들에게 많은 이야기를 해주고 있음을 보여준다. 결론적으로 『빌러비드』와 『자비』가 보여주는 공통점은 소외되고 배제된 자들의 관점에서 미국의 역사와 문화를 다시 바라보게 하는 점이다. 『빌러비드』에서 시간이 지난 후에도 노예제도의 폐해를 망각해서는 안 된다는 사실을 독자들에게 반복해서 말하듯이, 『자비』에서도 흑인 여성들이 자신의 신체에 대한 주도권 포기하지 말고 주체적인 삶을 살아갈 것을 강조한다.

생각해 볼 문제

1) 『자비』에서는 『타르 베이비』와 같이 백인 부자의 욕망과 외로움이 잘 나타난다. 미국 건국 선조라고도 할 수 있는 제이콥 바크는 미나 매가 말한 것처럼 자비를 베푼 사람이라고 생각하는가? 이 소설에서 '자비'의 진정한 의미는 무엇인가?

2) 이 소설에는 백인 계약노예인 스컬리와 윌러드가 흑인 대장장이보다 못한 처지로 등장한다. 이 두 계층이 어떻게 다르게 묘사되는지 예를 들어 설명하라.

3) 제이콥 바크의 아내 레베카는 영국에서 아메리칸 드림을 품고 신대륙으로 건너온 가난한 집안 출신 여성이다. 그

녀는 엔젤러스호 위에서 여러 하층의 여성들과 함께 대화를 나누는데 모리슨은 이러한 하층 여성들을 왜 등장시켰으며, 그들의 역할은 무엇이라고 생각하는가?

4) 이 소설에는 백인과 흑인 외에도 인디언 생존자 리나가 중요한 의미를 가진다. 리나는 백인들의 자연파괴를 비판하는데 구체적으로 설명해 보라.

5) 밀턴 농장에 같이 사는 여성 중에서 소로우는 선장의 딸로 성폭행에 의해 두 딸을 가진 여성이다. 그녀가 받은 충격으로 인해 트윈이라는 친구가 그 주위에 맴돌다 어떤 시점에서 사라진다. 소로우의 트윈과 『가장 푸른 눈』의 피콜라의 이중 자아, 그리고 『고향』에서 프랭크 주위를 맴도는 주트 복을 입은 남자(zoot-suited man)를 비교해 보라.

흑인 공동체의 갈등과 트라우마의 치유
『파라다이스』와 『고향』

두 소설은 제목만 보면 대립과 갈등보다는 화해와 평안과
같은 단어들이 떠오른다. 모리슨의 이전 소설들의 제목이 등
장인물의 이름을 제목으로 쓴 것(『술라』, 『빌러비드』, 『솔로몬의 노
래』)을 고려해 볼 때 위 두 소설의 제목은 고통 속에 살아왔던
흑인들의 이상향 또는 안식처를 떠올리게 한다. 하지만 제목
과는 달리 두 소설은 흑인의 고통의 역사와 그로인한 개인과
집단의 상처를 보여준다. 『파라다이스』에서는 인종차별이 없
는 새로운 땅으로 이주하여 새롭게 정착한 흑인들의 삶을 다
루었지만 순수한 흑인 혈통을 고집하려는 완고함 때문에 진
짜 피를 불러오고, 『고향』에서는 단조롭고 재미없는 시골 고
향을 탈피해서 모험을 하러 새로운 곳으로 갔으나 그곳은 같
이 간 친구들이 죽어가는 전쟁터이기 때문에 환멸을 느끼고

다시 고향으로 돌아가는 내용을 담고 있다. 두 소설에서 환멸과 고통을 치유해 주는 힘은 흑인 여성 공동체의 힘이다. 결국 모리슨은 외로운 개인보다는 가족의 힘이 의미가 있고, 또 주위 여러 마을 사람들과 함께 도움을 주고받는 공동체에 속하는 것이 가치가 있는 것임을 보여준다고 하겠다.

『파라다이스』

모리슨의 소설 가운데 가장 난해하고 복잡한 소설로 알려져 있는 『파라다이스』는 그녀가 노벨문학상을 받은 후 5년 만에 발표한 소설로 그해 시사주간지 『타임』에 특집호가 실릴 정도로 관심을 끌었다. 『파라다이스』는 무수히 많은 등장인물과 탐정소설 같은 내용, 열린 결말, 비선형적 서술 등이 얽혀있어서 한 번 읽어서는 이해하기가 힘들다.

『파라다이스』는 『빌러비드』, 『재즈』와 함께 역사 3부작의 마지막 작품으로 오클라호마주를 배경으로 흑인들이 차별과 억압이 없는 그들만의 흑인 공동체를 건설하고자 하는 꿈과 모순 그리고 좌절을 다루고 있다. 『빌러비드』가 남북전쟁 전후의 미국 노예제도와 그 문제점을 다루고, 『재즈』가 1920년대 할렘에서 살아가는 흑인들의 삶과 문화를 다루었다면, 『파라다이스』는 1970년대를 배경으로 1870년대 재건시대로 거슬러 올라가는 약 100여년의 긴 시대를 넘나든다. 모리슨은 『빌러비드』를 마가렛 가너에 대한 신문기사에서, 『재즈』의 소재를 『할렘 사자의 서』에서 받았듯이, 『파라다이스』의 소재는 1891-1892년에 실린 흑인의 오클라호마에 정착에 대한 신문기사 중 "준비를 하고 오든지 아니면 올 생각을 마라"(Come Prepared or Not at All)라는 헤드라인을 보고 영감을 받았다.

총 9장으로 구성된 『파라다이스』는 각 장이 등장인물의 이름을 제목으로 삼고 있다. 첫 장은 "루비"(Ruby)장으로 남부에서 쫓겨난 흑인들이 루비 마을에 정착하는 과정을 보여준다. 루비라는 마을의 이름은 여행 도중 죽은 모건(Morgan)가의 여동생 루비를 기리기 위해서 지어졌다. 둘째 장은 "메이비스"(Mavis)장으로 가부장적인 남편에 시달려 쌍둥이 아들을 차 안에 두고 마트에 들어가 아기들이 질식사하게 된 후 집을 뛰쳐나와 수녀원에 오게 된 메릴랜드 출신 27세 여자 메이비스의 기구한 처지를 보여준다. 셋째 장은 "그레이스"(Grace)장으로 지지(Gigi)라는 이름을 가진 여자가 장의차 기사 로저 베스트(Roger Best)의 차를 타고 수녀원에 오게 된 이야기이다. 넷째 장은 "세네카"(Seneca)장으로 어릴 때 버림받은 세네카의 이야기와 루비 마을이 신, 구세대 갈등을 일으키는 이야기, 그리고 스튜어드(Steward)와 그의 아내 도비(Dovey)가 수녀원과 관련을 맺는 이야기가 전개된다. 다섯 째 장은 "디바인"(Divine)장으로 남자친구가 배신하여 엄마와 성관계하는 것을 보고 충격을 받아 수녀원에 온 팰러스(Pallas)의 이야기이다. 스토리는 1974년 K. D.와 아넷(Arnette)의 결혼식으로 시작한다. 이 결혼식에 메이비스, 지지, 세네카, 팰러스가 캐딜락을 타고 참석하며, 보수적인 풀리엄(Pulliam) 목사와 개혁적인 미즈너(Misner) 목사의 갈등이 나타난다. 여섯째 장은 팻 베스트(Pat Best)라고 불리기도 하는 교사 "페트리시아"(Patricia)장으로 그녀는 장의차 기사 로저 베스트의 딸이기도 하다. 팻은 루비 마을의 계보를 작성하면서 마을의 모순을 발견하고 모든 자료를 불태운다. 일곱 번째 장은 "콘솔레이타"(Consolata)장으로 30년간 수녀원에서 헌신하는 브라질 출신 콘솔레이타에 대한 이야기이다. 코니(Connie)라고도 불리는 그녀는 39세 때 29세의 디컨 모건(Deacon Morgan)을 만나 격렬한 사랑을 나눈다. 노래하는 파이어데이드(Piedade)에 대한 이야기도 언급이 된다. 여덟 번째 장은 "론"(Lone)장으로 86세의 산파 론 뒤프레(Lone DuPres)에 대한 이야기를 다룬다. 후반부에 수녀원의 여자들이 루비 마을 남자들에 의해 총살당하는 내용을 담고 있다. 아홉 번째 장은 "세이브 마리"(Save Marie)장으로 제프 플릿우드(Jeff Fleetwood)와 스위티(Sweetie) 사이의 몸이 아픈 막내 세이브 마리의 이야기이다. 루비 남자들이 수녀원을 공격하는 과정이 나타난다. 그리고 에필로그에서 루비 남자들이 수녀원을 공격한 이후의 이야기를 보여준다.

작품의 첫 문장은 "그들은 제일 먼저 백인 소녀를 쏜다" 인데 마치 시작 부분이 아니라 클라이맥스에서 나오는 문장처럼 보인다.

　　그들은 제일 먼저 백인 소녀를 쏜다. 나머지는 느긋하게 처리하면 된다. 서두를 필요는 없다. 여기서 가장 가까운 마을이 17마을 떨어져 있고, 반경 90마일 안에는 인가가 없다. 수녀원 안에는 몸을 숨길만한 곳이 많겠지만, 시간은 넉넉하다. 이제 막 하루가 시작되었으니까.
　　이들은 아홉 명으로, 이제부터 채 반수도 못 되는 여자들을 토끼 몰 듯 쏘아 죽여야 할 임무를 띠고 있었다. 그리고 목적을 수행할 장비까지 갖추고 있었다. 밧줄, 종려나무 잎으로 만든 십자가, 수갑, 최루가스와 선글라스, 반지르르하고 날렵한 총까지.(15)[6]

처음 나오는 이 문장에 독자는 당황하게 되고 과연 총을 쏜 그들은 누구이고 제일 먼저 총에 맞은 백인 소녀는 누구인지 궁금해 할 것이다. 그런데 작품 마지막에 가서도 모리슨은 명쾌한 해답을 주지 않아 백인 소녀가 누구인지, 그리고 수녀원의 여인들은 모두 어디로 갔는지 알 수가 없다. 루비 남자들이 수녀원 여자 중 메릴랜드에서 남편 차 캐딜락을 타고 오다가 백인 히치하이커를 태웠을 때 친근함을 느꼈다는 메이비

---

[6] 이하 『파라다이스』의 번역과 쪽수는 김선형의 역서를 참고하였음.

스가 백인처럼 여겨져서 죽였는지, 아니면 브라질 출신 코니가 파란 눈을 가져서 죽였는지 알 길이 없다. 여기서 모리슨은 인종문제를 다루면서도 궁극적으로는 인종이 그리 중요하지 않음을 보여주는데, 이와 같은 내용은 1983년도에 출판된 그녀의 단편소설 「레시타티프("Recitatif")」에서도 잘 나타난다. 「레시타티프」는 로베르타(Roberta)와 트와일라(Twyla)라는 두 여자가 결혼 후 다시 만나 정원에서 떨어진 매기(Maggie)라는 여자에 대해서 떠올리는 이야기이다. 둘 다 매기를 그들의 무책임한 엄마와 연관 짓는데 이 둘 중 한 명은 흑인으로 또 다른 한 명은 백인으로 묘사되지만 깊이 파고들수록 누가 흑인이고 누가 백인인지 알 수가 없다.

작품에서 흑인 지도자들이 흑인들만 사는 공동체를 건설하여 인종차별이 없는 사회를 희망하는 것은 마치 영국에서 종교적 자유를 위해 미국 땅으로 건너와 새로운 나라를 건설하려는 청교도들의 정신을 연상시킨다. 청교도들이 미국 땅에서 "언덕위의 도시"를 지으려고 했듯이, 흑인 지도자들은 차별의 땅 미시시피와 루이지애나를 벗어나 핍박이 없는 땅을 찾아 북부로 향한다. 즉, 그들은 고향을 버리고 또 다른 고향을 찾아 나선 것이다. 같은 흑인이지만 피부색이 상대적으로 더 하얀 흑인들이 사는 공동인 오클라호마 페어리(Fairly)라는 마을에서 구박을 받고 쫓겨난 흑인 구세대 지도자들(블랙호스, 모건, 풀, 플릿우드, 보챔프, 케이토, 플러드, 두 개의 뒤프레 가족)은 눈물을

머금고 오클라호마 구석진 곳으로 가서 새로운 안식처를 세우는데 그곳이 바로 1890년에 건설한 헤이븐(Haven) 마을이다.

1905년 천 명이었던 헤이븐 마을의 구성원은 1934년 500명으로 줄어들고, 마침내 80명으로 떨어진다. 1950년에 아홉 가족은 헤이븐을 포기하고 해체한 화로(Oven)와 함께 서쪽으로 240마일을 이동하여 360명의 흑인들이 마침내 새로운 흑인 마을 루비를 설립한다. 이렇게 인종적 순수성 개념에 사로잡혀 제8암층(eight-rock)이라 불리는 피부색 검은 흑인만 사는 루비 마을이 생긴 것이다. 그 후 루비는 백인의 간섭 없이 발전을 하지만 25년이 지난 지금, 루비 마을은 모순이 생겨나고 구성원들은 다시 붕괴의 위협을 느낀다. 왜냐하면 흑인의 낙원 건설은 불가피하게 백인들이 행하던 고립주의와 권위주의를 답습했기 때문이다. 그리하여 루비 마을의 남자들은 자신들의 독단적 종교적 신념과 왜곡된 정의감으로 수녀원 여자들을 향해 총을 겨누는 것이다.

헤이븐 마을의 지도자는 가부장제뿐만 아니라 기독교 사상을 내면화 시키는데, 모건가의 선조격인 쌍둥이 형제 티(Tea)와 커피(Coffee)는 백인에 의해 춤을 강요당하는 사건 이후 사이가 틀어진다. 춤을 추는 티에게서 자신의 부끄러운 면을 발견한 커피는 자신의 이름을 제커라이어(Zechariah)로 변경한다. 그는 자신들이 선택된 민족이라고 여기고 가방을 든 남자에 의해 인도되고 있다고 믿는다. 이런 기독교적 선민사상이 나

중에 비기독교를 믿는 공동체인 수녀원을 공격하는 구실이
된다.

흑인들만으로도 잘 운영되는 루비마을은 대공황이 와도 별
영향을 받지 않을 정도로 자급자족을 하며 한동안 번창하는
것처럼 보인다. 그러나 폐쇄적이고 배타적인 루비 마을에서는
이상한 일이 일어났는데, "어머니가 차가운 눈빛을 한 친딸에
게 떠밀려 계단 밑으로 굴러 떨어졌다. 한 집에 네 명의 기형
아가 태어났다. 아침이 되었는데도 딸들이 침대에서 일어나기
를 거부했다. 신혼여행 중에 신부들이 사라졌다. 새해 첫날에
는 형제가 서로에게 총질을 했다. 성병 주사를 맞으려고 뎀비
까지 가는 일이 더 이상 별스런 게 아니었다"(29). 루비 마을
사람들은 피부색 검은 흑인을 계속 유지시키기 위해 근친상
간을 하였고 그 결과로 기형아가 생겨난 것이다. 역사기록가
페트리시아는 다음과 같이 기록한다.

> '케이디−아넷' 항목 아래에는 더 이상 쓸 곳이 없었지
> 만, 굳이 더 많은 공간이 필요할 거라 생각지도 않았다.
> 아기가 살아남는다면 지금 잉태하고 있는 아기가 틀림없
> 이 그들의 외동아이가 될 것이다. 아넷의 어머니는 자식
> 이 둘뿐이었고, 그중 한 명은 줄줄이 기형아만 낳았다.
> 게다가 최근 모건 가의 남자들은 그들의 선대처럼 다복
> 하지 못했다.(307)

루비마을의 팻 베스트(Pat Best)는 빌리 케이토(Billy Cato)의 부인으로 고뇌에 찬 선생이다. 로저 베스트와 델리아(Delia)의 딸이자 빌리 델리아(Billie Delia)의 엄마인 팻은 "백인처럼 보이는"(196) 엄마의 영향으로 피부가 하얀 흑인 여성이다. 그녀는 미즈너와의 대화에서 미즈너가 흑인들에게 아프리카가 흑인들의 고향이라며 문화민족주의적인 모습을 보이자 팻은 그것에 경계하며 동화주의적인 모습을 보인다.

그리고 선조의 유산을 지키려는 측과 구시대를 청산하고 새로운 시작을 하려는 측이 경쟁을 한다. 모건가의 선조 티와 커피형제가 그랬듯이 그들의 손자인 스튜어드와 디컨 형제도 싸운다. 루비마을은 철저하게 남성 중심의 사회이기 때문에 그들은 검은 혈통을 유지하기 위해 여성을 희생시킨다. 예를 들면 피부색이 하얀 팻의 엄마 델리아는 마을 남자들이 출산을 앞둔 그녀를 근처 백인 마을에 데려다 주지 않아서 죽게 된다. 즉, 마을 흑인들은 피의 순수성을 위해 근처 백인 마을의 도움도 자체적으로 봉쇄하고 수녀원 여성들의 접근도 막아야 하는 것이다. 그것을 이루기 위해서는 필수불가결하게 정신적, 물리적 폭력이 요구되는데, 같은 마을 흑인 여성들에게는 정신적 폭력을, 수녀원 여성들에게는 물리적 폭력을 쓰는 것이다. 그러나 그렇게 하면 할수록 흑인 마을 남자들은 스스로 고립을 자초하게 된다.

루비 마을 지도자들은 이런 마을의 내부 문제의 원인을 바끝에서 찾는데 바로 수녀원의 여성들을 외부의 적으로 두고 희생양으로 삼는 것이 그 좋은 예다. 이는 『술라』에서 마을 사람들이 술라가 나타난 후 이상한 일이 벌어져서 술라를 경계하는 것을 떠올리게 한다. 이것은 어떤 이성이나 논리에 근거한 판단이 아니라 맹목적 집단 폭력이다. 루비 마을이 폐쇄적이고 자체 모순적인 경향 때문에 분열되고 있음에도 불구하고 흑인 지도자들은 그 분출구를 수녀원 여성들에게 향하고 있는 것이다. 마치 『술라』에서 술라가 공공의 적이 된 것처럼 『파라다이스』에서는 수녀원 여인들이 루비마을의 공공의 적이 된다. 이것은 과거에 남부 백인들이 자신들의 죄를 흑인들에게 전가하는 것과 무관하지 않고 모리슨은 이와 같은 예외주의의 한계와 모순을 경계하고 있다.

루비마을에서 17마일 떨어진 곳에 위치한 수녀원은 원래 공금횡령자의 은신처였는데, 나중에 수녀들이 양도 받아서 인디언 소녀를 위한 학교로 사용되었다가, 학교에 학생이 모이지 않자 처지가 좋지 않은 여성들을 받아들이게 되었다. 수녀원은 버림받은 여성들이 모여 사는 곳으로 콘솔레이타라는 브라질 출신 여자를 중심으로 메이비스, 지지, 세네카, 팰러스 등이 함께 산다. 수녀원이 떠도는 여자들에게 위안과 안식을 주는 집이 된 것이다. 지지는 캘리포니아에서 남자친구인 마이키 루드(Mikey Rood)가 시위로 체포되고 자신은 섹스하는 모양의 거대한 바위를 찾았으나, 찾지 못하자 쌍둥이 나무가 있는 호

수를 찾다가 수녀원에 왔다. 지지는 모건 형제의 조카 K. D.와 사랑할 뻔 했지만 그가 결국 아넷과 결혼하게 되어서 아쉬워한다. 세네카는 언니 진(Jean)으로부터 다섯 살 때 버림받고 자해를 습관적으로 한다. 남자친구 에디 터틀(Eddie Turtle)이 감옥에 가게 되어 갈 곳이 없었던 그녀는 노마 킨 폭스(Norma Keene Fox)에게 고용되었다가 버려진 후 수녀원까지 오게 된다. 세네카는 루비에서 온 스위티 플릿우드를 도와주는데 스위티의 처지가 자신이 어릴 때 처지를 연상시켰기 때문이다. 팰리스는 마지막에 수녀원에 온 여자로 가장 어린 여자인데 16세에 아버지 집을 떠나 크리스마스 날 엄마를 만나러 갔으나 자신의 연인 칼로스(Carlos)가 엄마와 바람이 나서 상심하다가 인디언에게 구조된 후 병원에 있다가 빌리 델리아의 도움으로 수녀원에 왔다. 그녀는 루미 마을 남자들의 공격을 받기 전에 아이를 출산한다.

수녀원은 루비 마을의 자체 모순과는 다르게 여성들의 해방 공간이다. 콘솔레이타는 『빌러비드』의 베이비 석스처럼 자신도 몸이 망가진 고통을 가지고 있지만 더 심하게 상처받은 영혼들을 치유해 준다. 그녀는 아프리카에 뿌리를 둔 브라질 토속 종교 깡동블레(Candomblé)를 강조하고 자연 치유를 위해 약초를 사용하기도 한다. 수녀원의 여성들은 처음에는 서로 경계하고 싸우고 했지만 콘솔레이타의 노력으로 주형틀에 몸을 맞추고 고통을 나누고 상호 이해를 하는 과정에서 치유가 되었다.

처음에는 가장 중요한 것이 주형틀이었다. 먼저 지하
실 마룻바닥의 석재가 해변의 바위처럼 깨끗해질 때까지
박박 문질러 닦아야 했다. 그런 다음 촛불을 빙 둘러 세
워 지하실을 밝혔다. 콘솔레이타는 여자들에게 옷을 모두
벗고 드러누우라고 명령했다. 콘솔레이타의 희미한 시야
아래 아름다움이 돋보이는 불빛을 받으며 그들은 명령대
로 했다.(419)

그런데 이 수녀원의 여인들은 인종이 중요하지 않다. 수녀
원의 여인들은 자신들을 서로 치유하는 데 그치지 않고 루비
마을 사람들, 특히 여인들의 아픔을 치유하는 역할도 한다.
엄격한 루비 마을의 규율에 힘들어 하는 소앤(Soane)은 빈번
히 수녀원에 찾아와서 교류하며 상처를 치유받는다. 또한 루
비 마을 남자도 수녀원의 여자와 교류를 하는데, 그것은 바로
수녀원을 경계하는 쌍둥이 형제 중 한 명인 디컨이 콘솔레이
타와 연애를 하는 것이다.

이 소설은 루비 마을의 남성 지도자들의 총에 맞은 수녀원
여자들의 시신이 사라졌다가 다시 살아남으로써 유령과 같이
그려지는 오픈 엔딩을 이룬다. 특히 모리슨은 "장작처럼 검
은" 파이어데이드를 통해 여성의 힘과 새로운 치유의 가능성
과 새로운 의미의 낙원을 제시한다.

바다가 출렁이며 해변의 바닷물의 리듬을 전하면 파이
어데이드는 무엇이 왔나 보려고 고개를 든다. 아마도 늘
오는, 그러나 언제나 새로운 배 한 척이 승무원과 항구를
향해 들어오고 있으리라. 길을 잃었다 구원 받은 승무원
과 승객들은 한동안 비탄에 잠겨 있던 마음을 추스르지
못하고 온몸을 떨고 있으리라. 이제 그들은, 창조될 때부
터 이곳 파라다이스에서 하도록 정해져 있는, 끝도 한도
없는 일거리를 어깨에 짊어지기 전에 앞서 우선 휴식을
취하게 되리라.(503)

　정신적, 육체적으로 트라우마를 가지고 있었던 수녀원의
여성들은 작품의 마지막에 가족들 혹은 친지들과 화해한다.
에필로그에서 나타나듯이, 아이를 버리고 왔던 메이비스는 딸
샐리와 대화하고, 지지는 그녀의 아버지와 재회하고, 버려졌
던 세네카는 언니가 아닌 엄마였던 진을 만나고, 팰러스는 엄
마 디디(Dee Dee) 앞에 나타난다. 그리고 코니는 신에게 의지
하며 편안함을 얻게 된다.
　원래 이 소설의 제목은 『전쟁(War)』이라고 지었는데 출판사
에서 『파라다이스』로 변경하였다. 모리슨이 전쟁이라고 한 것
은 아마도 흑인 여성들에 대한 흑인 남성들의 전쟁을 의미할
것이다. 즉, 수녀원의 "당돌한 검은 피부의 이브들"(18)과 가부
장제가 지배하는 흑인 낙원 루비의 아담들과의 한판 대결이
다. 흑인 남자들은 그들의 새로운 삶을 배제와 차별, 그리고

고립에 바탕을 둔 삶의 원리로 풀어가고 있고, 수녀원 여자들은 관용과 치유의 철학으로 대응하고 있다. 루비 마을의 남성들과 수녀원의 여성들의 전쟁과 같은 극한 대립에서 겉으로는 남자들이 승리한 것처럼 보인다. 하지만 마지막에 총에 맞은 여성들은 희생을 통해 새로움을 가져오기 때문에 오히려 남성들이 패한 것일 수도 있다. 이블린 슈라이버(Evelyn Schreiber)가 말한 대로 "두 집단이 그들 공동체의 트라우마와 개별적 삶의 트라우마를 탈피하려 애쓰지만 여자들만이 성공한다"(53). 모리슨은 『파라다이스』에서 인종의 문제를 대결로 파악하여 폭력을 사용한 루비 남성들을 비판하고 화해와 상호소통을 강조한 수녀원의 여성들의 치유력을 큰 가치로 내세운다. 그런 점에서 비록 모리슨은 이 소설이 페미니스트 소설이냐는 질문에 "전혀 그렇지 않다. 나는 어떤 주의(ist) 소설도 결코 쓰지 않는다"(Fultz 81)라고 거부하지만, 이 소설은 페미니스트 텍스트라고 할 수 있다.

『파라다이스』에서 모리슨은 결국 타자를 배제하고 일부의 집단만 수용하는 사회는 건전하지 못하다는 것을 보여준다. 아무리 천국과 같은 곳을 만들려고 한다 하더라도 상호 소통의 힘이 중요하다는 것을 강조한다고 하겠다. 또한 자신들의 신념이 맹목적일 때 타자에게 얼마나 피해를 주는가를 깨닫게 한다. 루비의 남자들은 자신들의 목적을 위해 수녀원 여성들에 대한 살인을 정당화한다. 이는 유럽에서 온 백인들이 신대륙을 건설할 때 명백한 운명(manifest destiny)이라는 기치 하에 인디언과 흑인의 희생을 미국의 확장과 발전이라는 이름으로 정당화 한 것과 다르지 않다. 모리슨은 남녀의 대립과 인종의 갈등을 극복해야 함을 이 소설을 통해 역설한다. 『파라다이스』는 인종과 여성의 문제 외에도 인간사회에서 상호 이해와 소통의 중요성을 강조한다. 이것 아니면 저것이라는 이분법의 논리에 바탕을 둔 집단 이기주의는 결국 공멸로 귀착될 수 있다는 현재적 교훈을 준다. 낙원의 구현은 배제와 독단이 아니라 공존과 포용을 바탕으로 남녀노소, 인종, 종교의 화합과 화해 속에 가능하다. 배제에 바탕을 둔 낙원은 일시적인 낙원일 뿐이다.

생각해 볼 문제

1) 흑인들은 헤이븐을 건설한 후 첫 번째 과업으로 마을의 중심에 커다란 화로(Oven)를 만들었다. 헤이븐과 루비 마을 사람들에게 화로는 어떤 의미인가? 또한 화로에 씌어진 글, "그분의 미간에 잡힌 깊은 주름을 두려워하라"와 "그분의 미간에 잡힌 깊은 주름이 되어라"의 의미를 논하라.

2) 스튜어드와 그의 형 디컨의 성격 차이를 설명하라. 이들의

부인 도비와 그녀의 언니 소앤과의 차이점을 설명하라.

3) 작품의 결론에 대해서 어떻게 생각하는가? 작품의 후반부에 갑자기 나타난 파이어데이드는 누구이며 어떤 의미를 가지는 인물인가?

4) 작품의 제목이 흑인들의 천국을 추구하는 제목이다. 흑인들이 천국을 이루기 위해서는 어떤 일을 해야 하고 어떤 일을 하지 말아야 할 것 같은가?

5) 교사 팻 베스트는 혼혈로서 정체성 혼란을 일으킨다. 『빌러비드』의 레이디 존스처럼 팻도 가장 검은 흑인과 결혼하였다. 팻이 느끼는 인간적 고뇌에 대해서 논하라.

『고향』

2012년도에 발표된 『고향』은 147페이지로 모리슨 소설 가운데 가장 짧은 소설이지만 한국전쟁을 배경으로 삼아 1950년대 냉전 시대의 인종차별적 미국 사회의 문제점들을 잘 드러낸 작품이다. 모리슨은 한 인터뷰에서 1950년대 미국사회에 대해서 "모두 편안하고, 행복하고, 일자리가 있었다고 하지요. 그럼에도 불구하고 그 이면에는 심각한 인종주의가 있었어요. 매카시즘이 있었어요. 58,000명이 죽었는데도 전쟁이라고 부르지 않았던 이 끔찍한 전쟁이 있었어요."라고 말하며 미국사회의 이중적 모습을 드러낸다.

17장으로 구성된 『고향』은 주인공 화자가 이야기를 하는 홀수장이 있고, 3인칭으로 전개되는 짝수장이 있다. 1, 3, 5, 7, 9, 11장은 이탤릭으로 되어 있으며 주인공 프랭크 머니(Frank Money)의 어릴 적 경험과 한국전쟁 참전 기억 등이 서술된다. 그러나 13장에서 화자가 바뀌는 데, 13장은 홀수이지만 3인칭 서술을 이룬다. 14장은 이탤릭으로 바뀌며 프랭크의 서술이 진행된다. 15, 16장은 3인칭으로 서술되며 마지막 17장은 짤막한 이탤릭 문장으로 끝이 난다. 이 소설은 호머(Homer)가 『오디세이』에서 주인공 오디세우스가 트로이전쟁을 마치고 고향 이타카(Ithaca)에서 위기에 처해있는 아내 페넬로페(Penelope)에게 돌아오는 여정처럼 주인공 프랭크도 남부 조지아의 고향 로터스(Lotus)를 떠나 한국전쟁에 참전했다가 위험에 처해있는 여동생 씨(Cee)를 구하러 고향으로 돌아가는 내용을 담고 있다.

24살 흑인 청년 프랭크는 어릴 적에 여동생과 함께 시골 마을에서 한 흑인 남자가 백인들에 의해 생매장 당하는 장면을 우연히 목격하고 충격에 빠진다. 나중에 알게 되지만 생매장 당한 흑인은 어이없는 백인들의 게임에 의해서 죽을 때까지 싸워야만 했던 흑인 부자(父子) 중 아버지였다. 한 명을 죽여야 하는 "악마의 결정"(139)에서 아버지는 아들 제롬(Jerome)에게 자신을 죽이라고 명한다. 결국 제롬의 아버지는 산 채로 매장을 당하는데, 모리슨은 20세기 중반에도 미국 남부에는 여전히 린치가 발생하고 있었음을 폭로한다. 프랭크는 작품 1장에서 자신은 그 생매장 장면을 완전히 망각했고, 옆에 남자처럼 강인하게 서 있었던 말들만 기억난다고 이야기를 시작한다. 프랭크에게는 그 생매장 장면이 너무나도 큰 트라우마였기 때문에 언어로 상징화될 수 없는 충격적인 사건이었던 것이다. 백인들이 열광하는 가운데 흑인들이 서로 강요된 싸움을 하는 장면은 랠프 엘리슨의 『보이지 않는 인간』 첫 장에 나오는 배틀 로열(Battle Royal)을 떠오르게 하는데, 엘리슨 소설에서도 주인공이 링 위에서 백인들에 의해 강요된 싸움에 말려들기 때문이다.

프랭크의 가족은 인종차별로 인해 텍사스에서 쫓겨나고 결국 조지아주 로터스에 정착한다. 『파라다이스』에서 흑인들이 남부를 떠나 오클라호마주의 외딴 마을 헤이븐에 정착하여 제2의 고향으로 삼듯이, 프랭크 가족도 로터스를 새로운 고향으로 여기게 된다. 그러나 프랭크는 흑인 50가구만이 사는 로터스 마을이 너무나도 단조롭고 숨이 막히는 곳이고, "어떤 전쟁터보다도 나쁜"(83) 곳으로 여긴다. 그리하여 그는 친구 마이크(Mike)와 스터프(Stuff)와 함께 새로운 모험을 위해 한국전쟁에 참전하게 된다.

고향을 떠나 진짜 전쟁터인 한국 땅에 온 프랭크는 살을 에는 듯한 한국의 겨울을 고통스럽게 맞이한다. 모리슨은 프랭크가 느끼는 전쟁의 공포를 보여줄 뿐만 아니라 프랭크의 입장에서 전쟁에 대한 묘사가 객관적이기 힘들다는 것을 다음과 같이 보여준다.

> 한국: 너는 그곳에 없었기 때문에 상상할 수가 없지. 너는 그곳을 결코 본 적이 없기 때문에 황량한 경관을 묘사할 수 없지. 우선 추위에 대해 말해 볼께. 추위 말이야. 얼어버리는 것 이상이야. 한국의 추위는 고통스러워. 마치 벗겨낼 수 없는 아교풀처럼 달라붙어… 전쟁은 무서워… 가장 나쁜 것은 혼자 보초서는 것이야… 네 눈과 귀는 움직임을 보고 듣도록 훈련되었지. 저것은 중공군의 소리인가? 중공군은 북한군보다 더 지긋지긋해. 중공군은 결코 포기란 없고, 멈추지 않아. 그들은 죽었다고 생각되어도 일어나서 너의 사타구니를 쏠 거야. 네가 오판을 하여 그들의 두 눈이 죽어가는 것처럼 보여도 확실하게 끝내기 위해 탄환을 아끼지 말고 써야해.(93-94)

그러나 한국의 살을 에는 추위도 그가 전쟁에서 목격한 두 친구의 죽음, 그 분노로 인한 한국 민간인에 대한 무차별 사살, 그리고 그로 인해 겪는 트라우마에 비하면 아무것도 아니다. 프랭크는 자신의 분신과 같은 친구들이 비참하게 죽게 되자 민간인을 학살하는 등 전쟁의 광기에 빠지게 된다.

프랭크는 두 친구의 죽음이 자신 때문이라는 죄의식을 가지는데, 그것보다 더 프랭크를 괴롭히는 트라우마는 자신이 죄 없는 천진난만한 한국 소녀에게 총을 발사하여 죽였다는 사실이다. 먹을 것을 찾아 자주 초소를 찾는 아이를 죽이는 장면을 설명하는 프랭크는 처음에는 자신의 동료병사가 아이를 죽였다고 했다가, 나중에 자신이 죽였다는 고백을 한다. 고백에 따르면 소녀가 손을 뻗어 먹이를 찾다가 우연히 자신의 사타구니를 만지게 되자 자신이 흥분되었고, 그 아이에게 성추행을 하느니 차라리 죽이는 것이 낫다고 결정했다는 내용을 담고 있다. 이것은 어린 아이에 대한 성추행을 억압하고자 하는 자신의 행동에 대한 합리화이기도 하고, 아무리 전쟁터라고 하지만 어린 아이의 살해에 대해서는 진지하게 자신의 과오를 힐책하고 수치스러워하는 프랭크의 반성적 고백이기도 하다.

전쟁 후 미국에 돌아온 프랭크는 시애틀에서 릴리(Lily)라는 흑인 여자와 사랑에 빠진다. 새로운 삶을 사는 프랭크는 어느 날 교회 모임에서 눈이 치켜 올라간 아시아계 소녀의 웃는 모습을 보고 정신 나간 사람처럼 그곳으로부터 도망가게 되는데, 바로 그 소녀가 자신이 죽인 한국 소녀를 연상시켰기 때문이다. 프랭크는 결국 릴리와 더 살지 못하고 헤어지고 릴리 역시 현실적인 여자이기 때문에 그를 떠나보낸다. 그녀는 프랭크 머니(Money)를 보내고 길거리에서 지갑에 있는 진짜 돈(money)을 줍는다. 릴리가 프랭크와 결별하는 모습은 『타르 베이비』에서 돈과 명예를 추구하는 제이딘이 흑인성을 추구하는 선과 헤어지면서 뉴욕 아파트에 열쇠 꾸러미를 남기고 떠나는 장면을 떠올린다. 그런 점에서 제이딘과 릴리는 자신들의 목표를 위해 사랑하는 사람을 떠나는 세속적인 여성이라고 할 수 있다.

릴리와 헤어진 프랭크는 다시 술을 마시고 길거리를 배회하다가 경찰에 잡혀서 시애틀 센트럴 시티(Central City)에 소재한 정신병원에 강제로 감금된다. 그의 죄목은 목적 없이 배회한 죄였다. 여기서 우리는 모리슨이 『술라』의 1차 대전 참전용사 쉐드랙과 같이 한국전쟁에서 돌아온 흑인들의 처지가 비참하다는 것을 보여주고 있음을 알 수 있다. 프랭크는 정신병원에서 여동생 씨가 위험에 처해 있으니 속히 아틀란타로 오라는 편지를 한통 받는다. 정신 병원에 감금되기 전에 눈여겨보았던 교회가 있었기 때문에 프랭크는 병원을 탈출 한 후 그 교회에 가서 존 로크(John Locke)라는 흑인 목사 부부의 도움을 받는다. 프랭크는 로크 목사 소개로 포틀랜드에 위치한 제시 매이나드(Jessie Maynard) 목사 집에 갔다가 다시 시카고로 가게 된다. 시카고로 가는 길에 빌리 왓슨(Billy Watson)집에 머무는 프랭크는 왓슨의 아들 토마스(Thomas)의 한쪽 팔이 백인 경찰이 장난으로 쏜 총에 맞아 장애를 입었다는 사실 들고 충격에 빠진다. 하지만 수학을 잘하는 토마스는 커서 뭐가 되고 싶으냐는 프랭크의 질문에 "남자"(33)가 되고 싶다고 담담하게 말한다. 이것은 백인의 남자답지 못함에 대한 흑인 소년의 저항의 일환으로 볼 수 있다.

프랭크는 시카고에서 남부로 가는 길에 테네시주 채터누가(Chattanooga) 근처에서 기차 고장으로 잠시 머무는데, 그곳에서 싸움에 연루되기도 한다. 프랭크는 폭행당하는 창녀를 구해주려다 포주와 격투가 벌어져 포주를 늘씬하게 때려눕히는데, 그는 이 싸움에서 정의를 실현한 것처럼 쾌감과 자신감을 얻게 된다. 또한 프랭크는 아틀란타의 한 음악 카페에서 비밥(Bebop) 음악을 들으며 위안을 받고 흑인 정체성을 경험하기도 한다.

프랭크는 드디어 거의 다 죽어가는 여동생이 있는 아틀란타 백인 의사 집에 도착했다. 백인 의사인 닥터 보(Dr. Beau)는 일자리를 구하러 온 씨를 실험대상으로 삼아 자궁을 망가뜨려 아이를 가지지 못하게 만들었다. 프랭크는 닥터 보에게 폭력을 가하기보다는 죽어가는 여동생을 재빨리 데리고 나와 택시를 타고 로터스로 향한다. 모리슨은 백인 의사의 비인간적 모습을 마치 『빌러비드』에서 세스를 잡으러 온 학교선생을 떠올리게 하는 인물로 묘사하고 오히려 프랭크를 영웅적으로 그리고 있다. 모리슨이 한 인터뷰에서 말한 대로 백인 의사의 씨에 대한 인체 실험은 일종의 우생학(eugenics)으로 이는 당시 남부 알라바마주 터스키기 대학교(Tuskegee University)에서 횡행했던 흑인 대상의 매독 실험을 연상시킨다. 사실 당시 매독 실험으로 많은 흑인 남자들이 어이없이 죽게 되었는데, 알프레 우더드(Alfre Woodard)가 간호사 유니스 에버즈(Eunice Evers)로 주연한 영화 <에버즈의 남자들(*Miss Evers' Boys*)>(1997)은 그 역사적 사건을 생생하게 담고 있다.

프랭크는 씨를 구한 후 고향 로터스에 돌아와 에셀 부인(Miss Ethel)에게 도움을 요청한다. 에셀 부인과 마을 여인들은 스스로가 육체적 정신적 상처가 많은 사람들이지만 씨에게 민간요법과 자연치유법으로 정신적, 육체적 상처를 치유해 준다. 자궁의 기능을 상실한 후 만신창이가 된 씨의 몸을 햇볕에 쪼이게 하는 방법을 쓴다든지 아니면 씨로 하여금 퀼트를 배우게 하여 자신의 찢겨진 상처를 상징적으로 봉합하게 하는 방법 등은 매우 유용한 치유법이라 할 수 있다. 이것은 이성과 과학에 근거한 백인 의사의 치료법에 대한 불신과 저항을 보여주는 것이다. 에셀 부인의 민간요법은 『파라다이스』에서 수녀원의 콘솔레타가 상처받은 흑인 여성들을 위해서 해주는 자연 치유와 유사하다. 또한 에셀 부인의 집은 퀼팅 센터(Quilting Center)가 되었는데, 이는 마치 『빌러비드』에서 공터에서 베이비 석스가 흑인들의 영혼을 치유해 준 것을 연상시킨다. 에셀의 집은 어떤 면에서 이곳은 『파라다이스』의 수녀원처럼 여성들의 해방공간으로, 여성들은 모든 것을 공유하고 공평하게 분배한다. 에셀 부인은 씨에게 다음과 같은 중요한 조언을 해준다.

　　내말 알겠니? 너 자신을 잘 봐. 넌 자유로워. 너 외
　　에는 아무것도 아무도 널 구할 수 없어. 너 자신의 땅
　　을 일구어라. 너는 어리고, 여자이기 때문에 중대한 한
　　계점은 있어. 그렇지만 너는 하나의 인격체야. 르노어
　　나 하찮은 남자친구나 사악한 의사가 너를 결정하도록
　　하게 두지 마. 그건 노예야. 너의 내면에는 자유로운
　　인격이 있다는 걸 난 말하고 있어. 그 자유로운 너를
　　세우고 자유로운 네가 세상에서 뭔가 유익한 일을 하
　　도록 해.(126)

　에셀은 씨에게 자신을 구원할 수 있는 것은 다름 아닌 바
로 자기 자신이며, 자신이 누구인지를 타인으로부터 결정되게
한다면 그것이야말로 노예와 같다고 충고한다. 그리하여 씨에
게 자유인으로서 자신 속에 주체성을 바로 세워 살아갈 것을
부탁한다. 이 말을 들은 씨는 자신이 속해야 하는 곳은 바로
로터스 공동체라고 말하며 자신감과 주체성을 회복해 간다.
　프랭크는 몸이 회복된 씨를 데리고 10여 년 전에 생매장된
흑인 남자, 즉 제롬의 아버지가 묻혀있는 곳으로 간다. 프랭
크는 여동생의 치유를 도울 뿐만 아니라 억울하게 죽어간 흑
인 남자의 죽음을 애도하기 위하여 뼈를 다시 파헤쳐서 퀼트
보에 잘 싸서 조각난 그의 유해를 수습하여 보자기에 싸맨다.
수의이기도 하면서 관이기도 한 퀼트보자기는 제롬 아버지의

슬픔을 치유한다. 이는 억울하게 희생된 흑인 남자에 대한 올바른 애도의식이다. 프랭크는 그 옆에 "한 남자가 서있다"(145)라는 표지를 세우는데, 이는 비록 제롬 아버지가 죽어갔지만 아들을 살리고 자신은 죽음을 선택하는 남자다움을 찬양하는 표현이다.

『고향』은『파라다이스』에서처럼 피부색으로 인한 흑인 공동체내의 갈등은 두드러지게 나타나지는 않지만 그래도 몇몇 비정상적인 흑인 인물들의 행동으로 인한 흑인 공동체내의 갈등을 보여준다. 대표적인 경우는 프랭크의 의붓 할머니 르노어(Lenore)와 가족들과의 갈등을 들 수 있다. 앞선 모리슨의 소설에서 할머니의 모습이 정신적 지주와 같은 긍정적 이미지를 주로 보여준 반면,『고향』의 르노어 할머니는 사악한 할머니로 나타난다. 주유소를 경영하는 자신의 전 남편이 백인에 의해서 죽자 안전한 삶을 위해 프랭크의 할아버지인 세일럼(Salem)과 재혼한 르노어는 프랭크와 씨에게 인자한 할머니가 아니다. 르노어는 손녀 씨에게 가혹하게 대하는데, 씨가 길거리에서 출생했다며 부정적으로 바라본다. 르노어가 나중에 중풍에 걸렸을 때 마을 사람들은 잘 대해 주지만 르노어는 도움을 거부하고 점점 고립되어 간다.

르노어처럼 흑인 공동체 내에서 나쁜 영향을 미치는 또 다른 인물은 프린스(Prince)인데, 그는 씨와 결혼했다가 며칠 만에 떠나 버린 아틀란타 출신의 흑인이다. 프린스는 애정보다는 르노어에게 받은 차를 소유한 씨에게서 그것을 빼앗아 갈 목적으로 씨와 결혼하였다. 그리고 결혼한 지 며칠 만에 씨의 차를 훔쳐서 도망가 버렸던 것이다. 이후 배신감과 금전적 손실을 겪은 씨가 일자리를 위해 따져보지도 않고 닥터 보의 병원에 취직하게 되었고 그로 인해 자신의 몸이 망가지게 된 것이다. 물론 씨가 닥터 보의 제물이 된 것은 그녀의 성급한 결정도 원인이 되지만 무책임하고 범죄자 같은 흑인 남자 프린스의 탓이 크다고 하겠다.

모리슨은 『고향』에서 당시 백인들에 의해 인간 이하의 취급을 당하여 피해를 본 흑인 남자들의 남성성을 회복하게 해준다. 이는 마치 『솔로몬의 노래』에서 파일럿이 밀크맨과 함께 아버지의 유골을 고른 땅위에 잘 매장시켜주는 것을 연상시킨다. 그러나 이것은 단지 생매장된 한 명의 흑인 남자에 대한 애도를 넘어서서 억울하게 죽어간 모든 흑인 남성을 애도해주는 모리슨 특유의 애도 방법이다. 모리슨이 『빌러비드』에서 무참히 죽어간 흑인 여성들을 애도했다면 『고향』에서는 무기력하게 죽은 흑인 남자들을 애도함으로써 무참히 죽어간 모든 흑인 영혼의 치유를 꾀한다. 이제 프랭크는 어릴 때의 겁먹고 숨어있던 아이가 아니다. 한국 전쟁에서 아이를 죽인 것을 반성하고, 모르는 죽은 남자를 잘 매장해주는 좋은 사람으로 변화한 것이다. 프랭크는 전쟁에서 돌아와 당당한 남자가 되었고, 백인 의사보다 더 인간적이고 선한 일을 하려는 사람이 된 것이다.

로터스라는 고향의 이름은 힘든 환경 속에서 새롭게 태어
나는 씨를 대변한다고 볼 수 있다. 흑인 여성의 집단 치유 능
력 덕분에 씨는 새롭게 태어나서 연꽃이 되어 그 역할을 할
걸로 기대된다. 또한 더럽고, 숨 막히는 고향 로터스가 나중
에는 안식을 주는 진정한 고향으로 변해 있다는 점을 볼 때,
우리는 모리슨이 흑인 공동체의 결속과 긍정적 힘을 강조하
고 있음을 느낄 수 있다. 대부분의 경우에 있어서 『고향』에
나타난 흑인 공동체의 특징은 우호적이고 인간적이라 하겠다.
물론 프랭크의 고향 로터스가 답답하고 미래가 없어 보이는
곳이기도 하지만 그곳은 『파라다이스』의 가부장적이고 배타
적인 루비 공동체와는 달리 여성의 힘이 발휘되고 상부상조
하는 인간적인 공동체로 여겨진다.

이 소설의 특징은 화자가 "당신"이라고 부르며 자신의 이야
기를 정확하게 전달해 주기를 바라는데 "당신"은 바로 저자 모
리슨인 것이다. 이미 『재즈』에서 불확정적인 화자가 독자에게
말을 거는 것을 떠올린다면 모리슨의 서사 전략을 이해할 만하
다. 하지만 『고향』에서 프랭크가 모리슨에게 하는 말은 매우
새로운 의미를 가지는데 바로 진실을 말하는 것이 얼마나 힘든
것임을 역설한다고 할 수 있다. 그리고 주인공과 저자가 자유
롭게 대화함으로써 독자도 등장인물 또는 작가와 대화할 수
있는 여지를 주는 것이다. 이는 바로 모리슨이 말한 "보이지

않는 잉크"(invisible ink)의 개념을 연상시키는데, 그것은 "행간 밑에, 사이에, 밖에 놓여있어 올바른 독자(right reader)가 그 의미를 찾을 때까지는 숨어있는"(Morrison, The Palimpsest) 공간으로 저자가 권위적으로 독자를 교화시키는 것이 아니라 독자에게 더 많은 권한을 부여한 것으로 독자반응비평을 연상시킨다. 이러한 기법은 독자로 하여금 다양한 해석을 하도록 유도하는 것으로 종국에 모리슨은 독자와 작가와의 대화를 시도한다고 볼 수 있다. 『고향』뿐만 아니라 모리슨 소설 전반에서 "보이지 않는 잉크" 개념이 적용될 수 있다고 하겠다.

모리슨은 어느 소설에서보다 『고향』의 프랭크를 통해서, 죽은 제롬의 아버지를 통해서, 또는 팔 한쪽이 장애가 된 토마스를 통해서 흑인 남성성의 긍정적인 측면을 강조한다. 그럼에도 불구하고 모리슨은 또한 여전히 흑인 여성의 치유력을 중요시한다. 즉, 모리슨은 에셀 부인을 포함한 로터스 마을의 여러 여성들의 연대의식과 이웃에 대한 사랑을 통한 치유력을 보여줌으로써 흑인 공동체에 대한 낙관적인 전망을 하고 있다고 볼 수 있다.

"이 집은 누구의 집인가"로 시작하는 이 소설의 제사(epi-graph)는 이 집이 자신의 집이 아닌데 열쇠가 잘 맞아 보인다고 하는데, 이는 프랭크가 집에 다시 돌아왔지만 여전히 어색한 느낌은 지울 수 없다는 것을 보여준다. 『파라다이스』에서 헤이븐, 루비, 그리고 수녀원이 흑인들의 완전한 안식처가 아니듯이, 『고향』에서 프랭크와 씨가 다시 찾아온 집 역시 그들에게 궁극적인 안식처가 되기는 힘들다. 그러나 남매가 함께 사는 집, 그리고 마음이 따뜻한 흑인들이 함께 사는 로터스 고향은 정이 있는 곳이고, 적어도 위험해 보이는 바깥세상 —전쟁터, 정신병원, 백인 의사 집—보다는 안전하고 도와줄 사람도 있는 곳이다. 그래서 마지막 장인 17장에 씨는 프랭크를 부르며 "자 오빠, 집으로 가자"(147)라고 정겹게 말하는 것이다. 그러므로 『고향』은 지금까지 출판된 모리슨의 소설 가운데 가장 안정적인 결말을 보여준다고 하겠다.

생각해 볼 문제

1) 프랭크가 한국전쟁에서 돌아와서 시애틀에서 잠시 사귀는 릴리는 돈을 모아 자신의 집을 사고 싶어 하지만 인종차별 때문에 좌절당한다. 릴리는 어떠한 차별을 경험하고 그 후 어떻게 대응하는가?

2) 프랭크가 전쟁에서 돌아온 후 여러 곳에서 주트복을 입은 남자(zoot-suited man)와 직면한다. 프랭크 눈에 보였다가 사라지기도 하는 이 유령과 같은 남자는 작품에서 어떤 의미를 가지는가?

3) 이 소설은 화자가 빈번하게 당신(You)이라는 작가(Morrison)에게 말을 걸고 있다. 즉 프랭크가 작가 모리슨에게 자신의 이야기를 정확하게 전달할 것을 요구하는데, 이러한 서술기법을 사용하는 모리슨의 의도는 무엇인가?

4) 『고향』에서 모리슨이 1950년대 미국 사회의 문제점으로 인종문제 외에 제시하는 것에는 어떤 것이 있는가?

5) 모리슨은 『고향』에서 한국전쟁 과정에서 자식을 가진 한국 부모들이 보여주는 양상을 두 가지 유형으로 제시하는데 구체적으로 무엇인가? 병사의 총에 죽은 한국 소녀가 "Yum-yum"(95)이라고 내는 소리의 의미는?

맺음말

　이상에서 1970년부터 2012년까지 발표된 모리슨의 열 권의 소설들을 1) 백인 우월주의와 흑인 정체성 회복, 2) 흑인여성의 우정과 배신, 그리고 사랑, 3) 흑인의 뿌리 찾기와 흑인 음악, 4) 노예제도의 폐해와 흑인 모성, 5) 흑인 공동체의 갈등과 트라우마의 치유라는 큰 주제에 따라 두 작품씩 짝을 이루어 분석해 보았다. 독자의 이해를 돕기 위해 편의상 주제에 따라 두 작품씩 나누어 분석하였지만 특정 주제가 다른 소설에도 충분히 적용될 수 있을 것이다. 왜냐하면 모리슨의 소설은 다층적 의미가 풍부하고 여러 주제를 넘나들기 때문이다. 작품 설명에서 빠진 부분은 생각해 볼 문제로 만들어 작품에 대한 더 깊이 있는 해석을 할 수 있는 여지를 남겨두었다.

　모리슨이 작품을 쓰는 데 있어서 가장 주안점을 두는 점은 흑인들의 정체성 회복이라고 할 수 있다. 모리슨은 흑인들이 그들의 선조들의 고난과 자유를 향한 몸짓을 이해하여 흑인으로서 정체성을 간직하기를 기원한다. 흑인 정체성의 회복을 촉구하는 가장 대표적인 작품은 『빌러비드』라고 할 수 있다. 왜냐하면 『빌러비드』는 참혹했던 노예제도 과정 속에서 흑인들이 당했던 고통과 아픔을 쉽게 잊어버리는 최근의 현상에 대해 경종을 울리는 작품이기 때문이다. 모리슨은 『솔로몬의 노래』에서도 흑인 선조의 뿌리와 흑인 음악의 소중함과 가치를 설파하고 있다. 또한 모리슨은 노예제도라는 비인간적 제도, 그리고 노예제도 이후 지속되는 트라우마 속에서 뿌리 뽑혀진 흑인들의 삶을 온전한 삶으로 회복해 주려고 한다. 예를 들면 『재즈』에서 파편화된 삶속에 살아가는 조와 바이올렛과 같은 인물들의 삶을 회복하게 해주고, 『고향』에서 프랭크와 여동생 씨의 희망적인 새로운 삶을 제시해 주는 것이다.

필자가 모리슨의 작품을 위의 몇 가지 주제에 따라 분류하였지만. 그녀의 소설에서 가장 빈번하게 나오는 주제는 무엇보다도 사랑이라고 할 수 있다. 모든 문학이 사랑과 죽음을 다루지만 모리슨의 소설은 사랑을 다루되 온전한 기능을 하는 사랑이 아니라 왜곡되거나 과도하거나 혹은 비정상적인 사랑에 초점을 두고 있다는 데 그 특징이 있다. 물론 노예제도라는 열악한 삶 속에서도 인간적이고도 자연스런 젊은 남녀의 사랑이 전혀 없는 것은 아니다. 가령, 『빌러비드』에서 노예 식소(Sixo)와 30마일의 여인으로 소개되는 연인 팻지(Patsy) 와의 죽음을 넘나드는 모험을 동반한 자연스런 사랑과,『자비』 에서 플로렌스와 자유노예인 대장장이와의 사랑은 젊은 남녀 의 애절한 사랑을 진솔하게 보여주는 사례이다. 또한『러브』에 서 신세대인 로멘과 주니어의 강렬한 사랑도 자연스러운 사랑 이다. 이전의 백인 작가들이 보여준 흑인의 사랑에 대한 묘사 가 성적 리비도가 넘쳐나는 과장적 묘사가 많았다면 모리슨은 매우 인간적인 흑인의 사랑을 그려냄이 분명하다.

그럼에도 불구하고 모리슨의 소설에는 자연스런 남녀 간 사랑보다는 위험한 사랑의 사례가 두드러진다. 예를 들면『가 장 푸른 눈』에서 아버지 촐리가 행하는 딸 피콜라에 대한 근 친상간은 위험한 사랑의 결과이다.『술라』에서 에바가 1차 대 전에서 돌아온 후 고통 속에 살아가는 아들 플럼을 사랑이라는 이름으로 죽게 하는 것도 과도하거나 위험한 사랑이다.『솔로 몬의 노래』에서 밀크맨의 엄마 루스가 보여주는 친정아버지 닥터 포스터에 대한 사랑도 비정상적인 사랑이다.『빌러비드』 에서 세스가 큰딸을 노예로 만들고 싶지 않아 죽이는 것을 진 한 사랑으로 파악하는 것도 이해가 쉽지는 않다.『재즈』에서 조 트레이스가 마치 딸과 같은 도카스와 사랑에 빠지고 또 총 으로 쏴 죽이는 것도 정상적이지 않은 소름끼치는 사랑이다. 이와 같이 흑인들의 온전하지 못한 사랑은 오랜 노예제도와 비인간적인 삶 속에서 제대로 된 부모 역할과 자식 역할을 부여받지 못한 상태에서 나온 것이다. 모리슨은 소설 속에서 이런 사랑의 결핍으로 인해 왜곡되고 위험한 사랑을 할 수 밖에 없던 흑인들의 삶을 진솔하게 그려내고 그들의 영혼을 치유하는 글쓰기를 하고 있다고 할 수 있다.

그런 점에서 모리슨의 작품들은 대체로 노예제도가 가져온 상처가 야기한 흑인의 정신적 외상, 즉 트라우마를 드러내고 결국에는 치유해주는 내용을 다루고 있다고 볼 수 있다.『빌러비드』에서는 노예제도로 인한 흑인의 트라우마를 다룬다. 즉, 세스라는 흑인 여자노예는 도망친 자신이 노예주에게 잡히면 자식들도 노예로 전락한다는 사실 때문에 어린 딸을 죽이게 되고, 그로 인해 괴로워하고 트라우마 속에 살아간다.『파라다이스』에서는 서로 다른 고통을 경험한 흑인 여성들이 수녀원에서 시간을 보내면서 그들만의 삶의 결속을 통해 트라우마를 치유하는 과정을 보여준다. 한편,『자비』는 17세기 후반 미국 사회에서 어린 딸을 좀 더 인간적인 백인 주인에게 보낼 수밖에 없었던 흑인 모정과 그것을 이해하지 못하고 엄마를 원망하는 딸의 트라우마와 함께 아프리카 땅에서 끌려와 굴종을 강요받는 흑인 여성의 트라우마와 치유의 문제를 다루고 있다. 또한『고향』에서는 한국전쟁에서 돌아온 흑인 청년 프랭크의 전쟁 트라우마와 어릴 때 흑인의 생매장 장면을 목격한 후 생긴 트라우마가 점차 극복되고 있는 과정을 다루고 있다.

많은 모리슨의 소설들은 흑인 주인공의 트라우마를 다룬

후 그 주인공이 트라우마를 직면하게 하고, 나중에 그 트라우마가 치유되는 낙관적인 결론을 제시한다. 물론 어떤 작품에서는 주인공의 고통을 드러내기만 하여 치유가 필요한 부분도 있다. 『가장 푸른 눈』에서는 비극을 당한 피콜라의 미래를 통해 여전히 인종적 문제가 크다는 것을 보여주고, 『타르 베이비』에서도 사랑했던 선과 제이딘이 제 갈 길을 가면서 봉합되지 않은 상처가 남아 있음을 보여준다. 『솔로몬의 노래』에서도 주인공 밀크맨이 선조의 뿌리를 찾고 자신의 정체성을 회복하기도 하지만 죽음에 직면하는 아픔이 있다. 『술라』와 『러브』에서도 애증의 관계에 있는 여주인공들 중에 한 명이 죽음으로써 마음의 상처는 크게 남아있다. 하지만 『빌러비드』에서 딸을 죽인 세스가 죽은 딸이 환생하여 나타난 후 속죄하는 마음으로 죽은 딸과 화해하고, 『재즈』에서 사이가 좋지 않았던 조와 아내 바이올렛이 다시 삶을 지속하고, 『고향』에서 주인공 프랭크가 고향으로 돌아와 동생을 구하고 새로운 출발을 함으로써 트라우마가 치유되고 있음을 알 수 있다. 뿐만 아니라 『파라다이스』와 『자비』에서 보듯이 상처받은 영혼들이 치유과정을 통해서 좀 더 새로운 삶으로 나아가는 것처럼 보인다. 이와 같이 모리슨은 그녀의 작품에서 인종주의, 전쟁, 가부장제 등의 부당한 사회구조 속에서 약자의 처지로 살아가면서 고통받은 영혼들을 치유하는 글쓰기를 하고 있다.

모리슨의 소설들은 구체적으로는 미국 흑인의 문제, 흑인 여성의 문제, 흑인 모녀의 문제 등에 많은 주안점을 두고 있지만, 크게 보면 모든 나라, 모든 시대를 살아가는 인간들이 경험하게 되는 보편적인 주제로 확장되기도 한다. 즉, 흑인 개인의 문제는 결국 공동체의 문제와 갈등과 연결되고 남녀의 문제는 가족의 문제로, 백인에 의해 억압당하는 흑인의 문제는 자유와 평등을 갈망하는 인간 모두의 문제로 확대된다.

무엇보다도 모리슨 소설의 주요 메시지는 사랑의 중요성이다. 흑인의 사랑, 백인의 사랑, 인종적 차이를 넘어서는 타자의 사랑뿐만 아니라 자기 자신에 대한 사랑을 강조한다. 부모와 자식 간의 사랑, 공동체 구성원 간의 사랑, 남녀 간의 사랑, 친구간의 사랑 등과 같은 사랑의 메시지는 현재를 살아가는 우리들에게도 유효한 메시지이다. 이런 점에서 모리슨은 21세기를 살아가는 현대인에게 과연 사랑과 온전한 삶이란 무엇인가를 곱씹어 생각하게 하고 자신과 타인의 삶의 관계를 성찰하게 해 준다고 할 수 있다. 모리슨은 이러한 내용들을 교훈적으로 타이르듯이 전달하는 것이 아니고 질문을 던지고 있기 때문에 해답은 독자들이 깊이 생각한 후 찾아나가야 한다. 그런 점에서 모리슨의 소설은 비평가 헨리 루이스 게이츠가 언급한 "말하는 책"(talking book)이요, "대화하는 텍스트"(speakerly text)인 것이다.

모리슨은 그녀의 작품에서 흑인의 전통과 유산의 계승에 대한 강조뿐만 아니라 미국에서 인종적, 계급적, 성적으로 소외되고 배제된 계층의 사람들에게 관심을 보인다. 이러한 작가로서의 사회적 변화에 대한 관심을 고려할 때 모리슨은 이탈리아 출신 정치사상가 안토니오 그람시(Antonio Gramsci)가 말한 "유기적 지식인"(organic intellectual)이라고 할 수 있을 것이다. 왜냐하면 그녀는 현실 사회에서 기득권을 위해 발언하는 "전통적 지식인"과 다르게 끊임없이 타자화된 계층들의 삶의 향상을 위해 노력하기 때문이다. 이러한 점은 모리슨이 쓴 열 권의 소설과 함께 지속적으로 발표한 다른 장르의 글들에서도 잘 발견될 수 있다.

본서에서는 열 권의 소설에 대한 분석을 통해 그녀가 보여주는 문학세계가 어떠한지 살펴보았다. 모리슨은 소설 외에도 평론, 단편소설, 희곡, 동화, 등을 발표하였을 뿐만 아니라 미국 사회의 이슈가 되는 사안들을 다룬 책을 편집하기도 하였다. 그중 대표적인 것을 살펴보면 다음과 같다. 모리슨이 편집한 『정의의 인종화, 권력의 젠더화(Race-ing Justice, En-Gendering Power)』(1992)라는 책은 흑인 대법관 토마스 클레어런스(Thomas Clarence)와 변호사 아니타 힐(Anita Hill)과의 성추문 관계를 다룬다. 또 다른 책으로 심슨(O. J. Simpson)의 재판을 다룬 책인 『국가의 탄생(Birth of a Nation)』(1996)이 있다. 이 책에서 모리슨은 심슨 재판의 또 다른 측면을 고찰하고 있다. 모리슨의 중요한 비평서로는 『어둠속의 유희 : 백인성과 문학적 상상력』을 들 수 있다. 이것은 하버드대 강연 원고를 모은 책으로, 모리슨은 애드가 앨런 포(Edgar Allan Poe), 마크 트웨인(Mark Twain), 어니스트 헤밍 웨이(Ernest Hemingway), 윌라 캐더(Willa Cather)와 같은 백인 작가 들이 다룬 소설 중에 흑인들이 등장하는 문학텍스트들을 비판 적으로 검토하였다.

모리슨이 쓴 단편소설로는 「레시타티프("Recitatif")」(1983)가 있는데, 이 작품은 『파라다이스』처럼 인종 구분의 무가치함의 문제를 다루고 있다. 모리슨이 발표한 희곡으로는 『에밋을 꿈 꾸며(*Dreaming Emmett*)』(1986)와 『데스데모나(*Desdemona*)』(2011)를 꼽을 수 있다. 『에밋을 꿈꾸며』는 1950년대 시카고 출신의 에 밋 틸이 미시시피 친척집에 왔다가 린치를 당하는 것을 다루 고 있으며, 『데스데모나』는 셰익스피어의 『오셀로』를 데스데모 나의 관점에서 새롭게 그리고 있다. 그리고 둘째 아들 슬레이드 와 함께 쓴 동화책도 있는데, 대표작으로는 『네모상자 속의 아 이들(*The Big Box*)』(1999), 『얄미운 사람들에 관한 책(*The Book of Mean People*)』(2002), 『피니 버터 퍼지(*Peeny Butter Fuzzy*)』(2009)를 들 수 있다. 또한 모리슨이 편찬한 중요한 책으로 『흑인선집 (*The Black Book*)』을 빠뜨릴 수 없을 것이다.

여러 유명한 미국 작가 중에서 모리슨을 인문교양총서 대 상으로 생각한 데에는 두 가지 이유가 있다. 첫째, 모리슨의 소설을 단순히 미국흑인 여류작가라는 주변부 작가의 작품이 아니라 세계문학의 중심에 있는 작가의 작품들로 파악했기 때문이다. 즉, 모리슨의 작품은 짧은 시간에 고전의 반열에

올랐다고 볼 수 있다. 둘째, 모리슨의 작품들이 미국흑인에 관한 소설이지만 흑인의 고통에 대한 서술에 그치는 것이 아니라 21세기를 살아가는 우리의 삶과도 연관시켜 생각해 볼 수 있게 하는 인문학적 통찰력을 제공해주기 때문이다. 그러므로 모리슨의 삶과 문학에 대한 본서가 독자들에게 개인의 삶과 공동체의 관계, 가족의 가치와 의미, 남녀의 대립과 화해, 흑백 인종의 갈등, 전쟁의 폐해, 노예제도의 문제점 등에 대해 생각해 볼 수 있는 계기가 되었으면 한다.

본서에서 분석한 열 권의 소설과 함께 모리슨의 비소설 장르에 대한 검토를 동시에 했었더라면 모리슨의 사상의 흐름과 문학세계를 좀 더 폭넓게 이해하는 데 도움이 될 수 있었을 것이다. 하지만 시간과 지면의 제한 때문에 본서에서는 소설 중심으로 살펴본 것은 아쉬운 점이라 하겠다. 다음 기회에 모리슨의 다른 장르를 점검할 수 있으리라고 본다.

참고문헌

강자모 역주, 『토니 모리슨』, 서울: 신아사, 2008.

김미아, 『토니 모리슨의 사색』, 서울: 동인, 2012.

_____, 『블루스와 재즈 그리고 아리랑 : 흑인작가 랠프 엘리슨과 토니 모리슨 이야기』, 서울: 동인, 2013.

김미현, 이명호 편, 『토니 모리슨』, 서울: 동인, 2009.

김애주, 『토니 모리슨 연구』, 서울: 한국문화사, 1999.

신문수 편, 『미국 흑인문학의 이해』, 파주: 한신문화사, 2007.

이숙희, 『토니 모리슨』, 부산: 세종출판사, 2007.

이승은, 『토니 모리슨』, 서울: 평민사, 1999.

이영철, 『토니 모리슨의 문학적 이슈와 시각』, 서울: 한빛문화, 2001.

_____, 『토니 모리슨에 대한 비평적 퍼스펙티브』, 서울: 한국학술정보, 2008.

천승걸, 『미국 흑인문학과 그 전통』, 서울: 서울대학교 출판부, 2006.

한재환, 「토니 모리슨의 『자비』에 나타난 인종과 정체성」, 『한국영미어문학』 101 (2011): 37-59.

_____, 「모리슨의 『고향』 : 인종주의, 트라우마, 공동체」, 『한국영미어문학』 111 (2013): 37-57.

Bloom, Harold, ed, *Bloom's BioCritiques : Toni Morrison,* Philadelphia: Chelsea House Publisher, 2002.

Carlacio, Jami L., ed, *The Fiction of Toni Morrison : Reading and Writing on Race, Culture, and Identit,* Urbana: NCTE, 2007.

David, Ron. *Toni Morrison Explained : A Reader's Road Map to the Novels,* New York: Random House, 2000.

Denard, Carolyn C, Toni Morrison : Conversations, Jackson: U of Mississippi P, 2008.

Du Bois, W. E. B. *The Souls of Black Folk,* 1903, New York: Penguin, 1996.

Fultz, Lucille P, *Toni Morrison: Playing with Difference,* Urbana: U of Illinois P, 2003.

Jurecic, Ann and Arnold Rampersad, "Teaching *Tar Baby." Approaches to Teaching the Novels of Toni Morrison,* 147-53.

Kolmerten, Carol A. and Stephen M. Ross and Judith Bryant, Wittenberg. eds, *Unflinching Gaze : Morrison and Faulkner Re-envisioned,* Jackson: U of Mississippi P, 1997.

Kramer, Barbara, Toni Morrison : *A Biography of a Nobel Prize-Winning Writer,* New Jersey: Enslow Publishers, 2013.

Kubitschek, Missy Dehn, *Toni Morrison : A Critical Companion,* Westport: Greenwood Press, 1998.

Li, Stephanie. *Toni Morrison : A Biography,* Santa Barbara: Greenwood, 2010.

McKay, Nellie Y and Kathryn Earle, eds, *Approaches to Teaching the Novels of Toni Morrison,* New York: The Modern Language Association of America, 1997.

Montgomery, Maxine L., ed, *Contested Boundaries : New Critical Essays on the Fiction of Toni Morrison,* Newcastle upon Tyne: Cambridge Scholars Publishing, 2013.

Morrison, Toni, *The Bluest Eye,* New York: Plume, 1970, 『가장 푸른 눈』, 서울: 들녘, 신진범 역.

_____, *Sula,* New York: Knopf, 1973, 『술라』, 서울: 들녘, 김애주 역.

_____, *Song of Solomon,* New York: Knopf, 1977, 『솔로몬의 노래』, 서울: 들녘, 김선형 역.

_____, *Tar Baby,* New York: Plume, 1981, 『타르 베이비』, 서울: 들녘, 신진범 역.

_____, *Beloved*, New York: Plume, 1987, 『빌러비드』. 서울: 들녘. 김선형 역.

_____, *Jazz*, New York: Plume, 1992, 『재즈』. 서울: 들녘. 김선형 역.

_____, *Paradise*, New York: Plume, 1997, 『파라다이스』. 서울: 들녘. 김선형 역.

_____, *Love,* New York: Vintage, 2003, 『러브』. 서울: 들녘. 김선형 역.

_____, *A Mercy,* New York: Knopf, 2008, 『자비』. 서울: 문학동네. 송은주 역.

_____, *Home,* New York: Knopf, 2012.

_____, "Rootedness: The Ancestor as Foundation." *Toni Morrison : What Moves at the Margin Selected Nonfiction.* Ed, Carolyn C. Denard. Jackson: U of Mississippi P, 2008, 56-64.

_____, "Toni Morrison's Invisible Ink." The Palimpsest.
<http://www.thepalimpsest.co.uk/2013/04/toni-morrisons-invisble-ink.html>

O'Reilly, Andrea, ed, *Toni Morrison and Motherhood : A Politics of the Heart,* Albany: State University of New York P, 2004.

Schreiber, Evelyn Jaffe, *Race, Trauma, and Home in the Novels of Toni Morrison,* Baton Rouge: Louisiana State UP, 2010.

Stein. Karen. F, *Reading, Learning, Teaching Toni Morrison,* New York: Peter Lang, 2009.

Tally, Justine, ed, *The Cambridge Companion to Toni Morrison,* Cambridge: Cambridge UP, 2007.

Taylor-Guthrie, Danielle, K, Conversations with Toni Morrison, Jackson: U of Mis-sissippi P, 1994.